その熱さに、ミヒャエルの秘孔は、
ひくりと蠢いたのだ。
「感じているのか？　これ以上濡らさなくても、簡単に入りそうだ」
（ひ…っ、痺れる…）
じん…と腰が甘く痺れ、
感じて…たまらない。

Illustration／AKIRA KANBE

プラチナ文庫

絶愛・プリンス
～恥辱の騎士～

あすま理彩

"Zetsuai・Prince ~Chijoku no Kishi~"
presented by Risai Asuma

プランタン出版

イラスト／かんべあきら

目次

※本作品の内容はすべてフィクションです。

（く……っ）

両腕の先で、鎖がじゃらりと音を立てる。手首に触れる鉄の感触は冷たく、胸を凍らせる。だが、ミヒャエルの身体は、燃えるように熱かった。

「不様《ぶざま》な格好だな」

牢番が下卑《げび》た嘲笑を、ミヒャエルに向ける。

「ふん…」

どうでもいいことのように、ミヒャエルは鼻を鳴らした。

――嘲笑などに、負けるものか。

ミヒャエルの両腕は頭上に掲《かか》げられている。背後には石の壁がある。手首には鉄で出来た拘束具が嵌《は》められ、そこから伸びた鎖は、背後の石の壁に埋め込まれている。

「暴れれば余計に、お前の肌に傷を付けるだけだ」

ミヒャエルが腕を引いても、鎖はびくともしない。それどころか手首にがっちりと食い込んでいき、無駄な苦痛をミヒャエルに与えるだけだった。

（自分の失敗とはいえ、このような囚《とら》われの身になるとは…）

悔しい。表面では涼しい顔をしながら、内心でミヒャエルは口唇を噛《か》み締める。

ミヒャエルを信頼して、王直々に命令を受けたのに。

（なのに、囚われ任務を遂行《すいこう》できないとは…）

己を信頼してこの任務を任せてくれた、その王の信頼にこたえられないことが、悔しい。

ミヒャエルはローゼンブルグ国の騎士だ。

中世の今、小国であるローゼンブルグは、薔薇《ばら》戦争と呼ばれる戦争に巻き込まれ、存亡の危機を迎えていた。

ローゼンブルグの領土を狙うのは、大国ブリスデンとライフェンシュタイン。

ローゼンブルグは、大国に挟まれて、その間に位置する。

小国であるローゼンブルグが独立を守ってこられたのは、騎士団、特に有能な騎士であるミヒャエルの活躍によるものということは、周りの国々の知るところだった。

それは、ミヒャエルのひそかな矜持《きょうじ》でもあった。

「お前は目障《めざわ》りだったんだよ。さっさとあの領土を、渡せばいいものを」

ミヒャエルが活躍するほど、それは他国の脅威となる。特に今、ローゼンブルグは、ライフェンシュタイン国と、同盟を結ぼうとしていた。

もちろん、ブリスデンがその決定を面白く思うはずがない。

「…実力で奪い取ればいい」

ミヒャエルは言い返す。

ローゼンブルグは四方を崖《がけ》に囲まれ、その地形から、天然の要塞となっていた。

ブリスデンが、ライフェンシュタインに効率よく短期間で攻め込むには、どうしてもローゼンブルグを通らなければならない。

だが、地形がローゼンブルグを守り、うまくいかない。

ブリスデンが軍事上どうしても手に入れたい土地、そこは、崖にしか咲かない薔薇がある場所だった。

そこからいつしか、領土を手に入れるための戦争は、薔薇戦争と呼ばれるようになった。

「相変わらず口が減らないな」

囚われてから既に、水も与えられずに半日は経つ。

ミヒャエルの騎士としての衣服は鞭《むち》によって引き裂かれ、胸元が露《あら》わになり、紅い突起が覗いていた。白い肌に浮かぶ紅色は淫靡《いんび》な輝きをまとう。ねっとりと舌を這《は》わせたくなるような、そんな質感を帯びていた。そこだけ下肢を覆う布も、既にぼろぼろだ。破れた衣服の合間からは、艶かしい肌が覗く。

「お前こそ、人を痛めつけることに、よく飽きないな」

苦痛ならばいくらでも耐えられる。

絶対に口を割らない相手に、音を上げるのは、牢番のほうだ。

ミヒャエルは冷たく牢番を睨みつける。

密かにライフェンシュタイン国に援軍を求めるため、同盟を結ぶ文書を届けること、それは、自国、ローゼンブルグの戦況を左右する、重大な任務になるはずだった。

「まだ口を割る気にはならないのか？　いい加減どんな命令を受けてライフェンシュタインに向かったのか言え。さもないと、もっと痛い目に遭うことになるぞ」

滑《すべ》らかな真珠のような肌には、痛々しい紅い痕が浮かんでいる。

ミヒャエルは、金に目がくらんだ味方の裏切りに遭ったのだ。ミヒャエルが密書を持ってライフェンシュタインに向かうという情報は、ブリスデンに筒抜けになっていた。

「私は知らないと言っているだろう？　もし命令を受けていたとしても、誰が貴様などに言うものか」

馬鹿にしたように、ミヒャエルは鼻を鳴らした。

ミヒャエルは、ブリスデンの兵によって、捕えられたのだ。

そして今、地下牢に繋《つな》がれている。

「何だと…っ!?」

ミヒャエルの言い草に、牢番がいきり立つ。

牢番が再び鞭を振り上げる。それはミヒャエルに数度振り下ろされ、新しい傷をミヒャエルの艶やかな肌に落とした。

与えられる苦痛、けれどミヒャエルは悲鳴一つ洩らさない。

絶対に、口も割らない。

「しぶとい奴だ。ローゼンブルグの勇敢な騎士ミヒャエルか、だが、こうして囚われていては、その高名も形無しだな」

　牢番はせめて、ミヒャエルを自分の意のままにできないのなら、言葉でいやしめようとする。

「勇敢な騎士、か。それは光栄だな」

　ミヒャエルは自身がこの戦いの間、どう呼ばれているか知っていた。

　己の活躍が、ブリスデンに対してどれほど脅威になっているのかも。

「ち…っ」

　牢番が忌々《いまいま》しげに舌を打つ。どれほどの苦痛を与えても、ミヒャエルは決して屈しない。

「お前など、どうとでもできる。それを忘れるなよ」

　優位さを見せ付けるように、牢番は肩をそびやかす。

（自身の力でもないくせに）

　ミヒャエルは冷ややかに彼を見つめた。ミヒャエルを捕えたのは、彼ではない。

　己の力でもなく、大国、ブリスデンに属しているというだけで、その権威をかさに着て、ミヒャエルに苦痛を与えることをまるで楽しむかのような彼を、ミヒャエルはすぐに軽蔑した。

　ミヒャエルがローゼンブルグの勇敢な騎士、と呼ばれるようになったのは、ミヒャエル自身の実力の賜物《たまもの》だ。国家の権威を、ひけらかそうとしたこともない。もとより、小国のローゼンブルグに、そんなものはない。

一兵卒から実力で上り詰め、ミヒャエルは騎士として列強各国にまでその名を馳《は》せるようになった。実績もなく、実力も分からない若い兵士でしかないミヒャエルを、王は見つけ出し取り立て、騎士としての役割を与えてくれた。

今でもそのことに、ミヒャエルは心から感謝している。王は自分を邪魔に思う場合だってあるのに、なぜなら、前王の落とし種だからだ。しかも、そんな者はいくらでもいる。

ミヒャエルの名は、ブリスデンの兵たちから、恐ろしげに呼ばれる。

ミヒャエルが現れるというだけで、敵の兵の立ち向かおうとする気力を、奪うには充分だった。

戦場にいるものの常として、甲冑をつけ、刀剣を振り下ろし、自国の利益を守る。

馬に跨《また》がるその姿を、ローゼンブルグの兵士たちは、尊敬と誇りとともに、眺めたものだ。

だが今は、捕えられ、鎖に繋がれている。

「それにお前さえ捕えれば、ローゼンブルグも総崩れになるだろう」

ミヒャエルが捕えられたことは、ローゼンブルグの兵たちの士気を奪うことに繋がる。

「それを楽しみにしているんだな」

どれほどの苦痛を与えても、けっしてミヒャエルは命乞いをしたりはしない。

苦痛に泣き喚き、不様な姿を晒《さら》したりもしない。

ローゼンブルグの騎士であるミヒャエルが不様な姿を晒すことは、自国、ローゼンブルグの王の尊厳を、傷つけることになるからだ。

（私は…永遠の忠誠を、王に誓った。騎士の名にかけて）

ミヒャエルの脳裏に、精悍な青年である賢王の姿が浮かぶ。彼を心から敬愛していた。

どれほど激しい拷問を受けたとしても、絶対に不様な姿だけは、晒すものかと思った。

騎士としての誇り、それを失うものか。

決意を宿しながら、頭上で拳を握り締めようとするが、指が動かないことに気付く。

既に、血はめぐってはいないのか、指先には感覚がない。

立ったまま責め続けられ、時折崩れ落ちそうになる身体を支えるのは、手首の拘束だ。

鉄の枷《かせ》は、ミヒャエルから自由を奪うと同時に、冷たい石畳の牢の床に、身体が倒れ込むのを防いでいた。

気力は充分にあっても、さすがに体力は限界に近い。

（う…っ）

脚から力が抜けそうになり、ミヒャエルは膝に力を込めて必死で自身の身体を支えた。

ふらついた瞬間、髪がゆらりと宙を舞う。

腰まである長い闇色の髪、それは片方の肩から前に流され、胸元で一まとめに紐で括《くく》られている。

長いとはいえ、女性らしさは微塵もなく、凛《りん》とした気高さと、騎士としての力強さに満ちている。

自国を守る騎士として、ミヒャエルは民から尊敬を勝ち得ていた。

力強さを感じさせる雰囲気と、真っ直ぐに人を見つめる澄んだ瞳、そして、戦いに身を置けば、誰をも寄せ付けない強さ、その気高さ、高貴さは、敵であっても戦場であいまみえたのなら、羨望《せんぼう》を抱かずにはいられないだろう。

それが、今は囚われの身となり、鎖に繋がれる屈辱に耐える。

ブリスデンの民には、ミヒャエルは恨まれてもいるだろう。

このまま命を落とすかもしれない。

己が命を落とす、それはかまわない。

だが、賢王の命令を遂行できず、騎士としての使命をまっとうできないことだけが、苦しい。

彼に二度と会えないことも。

ミヒャエルは苦しい息をつきながら、そっと目を閉じる。

瞼に浮かぶのは、優しげな微笑を向ける、賢王の顔だった。

＊＊＊

「捕えたか？」

ロアルドの低い声が、石の城壁に響く。敵の攻撃を防ぎ、城内の兵を守るために、殆《ほとん》ど隙間なく両側に石は積み重ねられ、通路は狭く足元は薄暗い。

地下牢へと繋がる階段を降りれば、足音が石の壁に冷たく反響する。

「はい、作戦どおりです。…陛下」

部下はロアルドの背後に付き従いながら、問い掛けに恭《うやうや》しく答える。

ロアルド・ハインツ・ビュリュンゲンワルド・ブリスデン、ブリスデンの皇帝だ。

「常々、あのミヒャエルという騎士がいなければ、あんなローゼンブルグなどという小国を、征服するのは容易《たやす》いと思っていた」

低い声はこもって場所に響けば、官能めいた余韻をもたらす。部下は誇らしげに、自身の王を見上げた。

王でありながら、前線に出て剣をふるう。戦場から帰ってきたばかりの王の、子供の頃から鍛《きた》え上げられた身体には、無数の傷跡がある。

ライオンの鬣《たてがみ》のような黒髪は豊かに波打ち、雄々しい印象に拍車を掛けている。

長いマントが翻《ひるがえ》れば、頼もしい肉体が現れる。同性でありながら、部下はその鍛え抜かれた肉体の逞《たくま》しさを、羨望のこもった目で見つめる。

男らしく、力の象徴である筋肉のついた腕は太く、広い肩幅も胸板の厚さも、男性として欲するすべてを、ロアルドは手に入れている。

雄々しい、王の中の王、それがブリスデンの王であるロアルドに対する民の評価だ。

(忌々しい男だ)

ロアルドは憤懣《ふんまん》を拳の中に握り締める。

「目の上のこぶのような存在だったが」

「ええ。彼が戦場に姿を現しただけで、恥ずかしながら我が国の兵は恐れ慄《おのの》き、戦意を失うようです」

「そうだな。彼は騎士として、ローゼンブルグの勝利の象徴でもある。彼を手に入れたとすれば、兵力よりも、心理的な面で、ローゼンブルグは打撃を受けるだろう」

それは真実だった。そして戦略でもある。

やる気を鼓舞すること、それはどんな仕事であれ、実力以上の結果をもたらすものだ。逆に気持ちを殺《そ》ぐ真似をすれば、兵は腐り、結果には結びつかない。それをロアルドはよく知っている。部下をやる気にさせる、その重要さをロアルドはよく理解している。

だから、ロアルドはミヒャエルを捕えたのだ。

「ローゼンブルグは姻戚関係もある、ライフェンシュタインと手を結びたがっていたからな。だが、ライフェンシュタインへのルートは我らが完全に塞《ふさ》いでいる。重要な任務には絶対にミヒャエルを使うだろうと思って見張らせていたが、やはり、動いたな。裏切り者への報酬は？」

「金で動く裏切り者など、切って捨ててもよかったのですが、我々の剣を血で汚す価値もないと思いまして、金を与え追い払いました」

「そうか。ミヒャエルに付くくらいの騎士の一人だ。だが金品には目がなかったと見える」

ミヒャエルもまさか、味方に裏切られるとは思ってはいなかっただろう。

「ええ、だからこそ、あっけなく、摑まったのだと思います」

「通るには難航を極める崖、山の上に兵を配置し、石を落とし壁面を崩しました。彼は責任者らしく隊の最後にいましたからね。通る道さえ分かれば狙《ねら》って土砂を崩すのは容易でした」

前と後ろでは、後ろの方が危険を伴う。前方から現れた敵には身構えることもできる。だが、背後を襲われてはひとたまりもない。また、一番最後の兵は音もなく倒されれば、前方の味方に気付いてももらえない。

一番勇気ある男、それが隊のしんがりをつとめるのだ。

「最後を歩いていた、か。やはり評判どおりの男だな、ミヒャエルは」

気高く誇り高い騎士、彼は自分の信念で行動、判断していただろう。まさか同じ騎士である部下が、ブリスデンと繋がり、密偵として暗躍していたなどと、清廉な精神を持つだろう彼には、考えもつかなかったに違いない。

「奴には我が国の兵も、散々辛酸《しんさん》を舐《な》めさせられていたからな。牢番が、個人的感情を向けていなければいいが」

一体どれほどの、屈強な男かと、ロアルドは思う。

戦場で遠目で一度、甲冑《かっちゅう》に身を包んだ姿を見たが、雄々しい軍神のようだった。

「ライフェンシュタインへ同盟を望む書状、それを持っているはずなのですが、見つかりませんでした。口を割らせようと鞭を当てたようですが、絶対に吐きません」

「…強情な男だ。我が国を困らせただけのことはある」

その実力を、ロアルドは認めてもいた。

もし、同じ国に生まれていたら、戦友として友情を結ぶことができたかもしれない。

そう思えば、こうして敵として生を受けたことが、残念なようにも思える。

だがミヒャエルさえいなければ、もっと早く、ローゼンブルグを手に入れることができたのだ。最後までローゼンブルグは独立を守り、全く国力の違うブリスデンに抵抗している。

「ミヒャエルたった一人に、我が国がここまで遅れを取るとは」

階段を下り切ると、鉄格子の扉が現れる。

どんな屈強な力自慢の男が現れるか。目の上のこぶであったミヒャエルを捕えた安堵《あんど》とともに、興味が沸く。

「陛下ご自身がこのような場所にお越しいただかなくても」

「かまわない」

勇猛な彼には、散々困らされてきた。戦場で、ロアルドは腹心の部下を失っている。不様な姿を見てやれば、彼への弔《とむら》いになる気がした。

「陛下、こちらでございます」

こもった、埃っぽい匂い。薄暗い部屋。蠟燭と油が燃えるすえた匂い。高潔な騎士には相応《ふさわ》しくない汚らしい場所だ。三百年ほど前にこの城が建てられてからずっと、この場所は、捕虜を繋ぐ場所だった。

扉が開く。背の高いロアルドは、身体を屈《かが》め、中へと足を踏み入れる。

「陛下…！」

牢番が慌《あわ》てて頭を下げた。

部屋の隅に、鎖に繋がれた男の姿がある。両腕を各々頭上に繋がれ、鎖によってやっと立っていられる状態のようだ。ぐったりと身を投げ出し、顔はうつむいたままだ。

「その、書状の在り処《あか》を吐かせようとしましたが、どうしても口を開きませんので」

牢番が己の忠実さを訴えようとする。

名のある騎士であっても、さすがに牢番の折檻《せっかん》はこたえただろうか。

ロアルドは鎖に繋がれた男に近づく。近づくにつれ、蠟燭《ろうそく》の光に、ミヒャエルの身体が浮かび上がり、はっきりと見えるようになる。

(これは……)

ずい分と細い。しかも、ロアルドよりも背は低く、さほど屈強な印象はない。どれほど頑健な筋肉自慢の男かと思っていたロアルドは、目の前の存在に驚く。

筋肉質な印象ではないが、均整の取れたしなやかな身体は、肌もしっとりと滑らかで、泥に汚れても肌理《きめ》は美しかった。柔らかそうな内腿の白さが、目に飛び込んでくる。思わず、ロアルドの咽喉が鳴るのが分かった。

「お前が、騎士、ミヒャエルか?」

「……」

ロアルドが訊《たず》ねても、ミヒャエルは顔も上げようとはしない。

「返事をしろ、皇帝陛下の問いだぞ!」

牢番と部下がいきりたつ。

「いい」

ロアルドは部下を軽く制した。反抗的な態度を取れるのも、今のうちだ。捕えた以上、ミヒャエルをどう扱おうとも、彼の意志を捻《ね》じ伏《ふ》せるのも、ロアルドの手の内にある。

「拷問《ごうもん》に口もきけなくなったな？　だらしないな、ローゼンブルグの英雄ともあろうものが」

わざとミヒャエルを揶揄《やゆ》する言葉をぶつけてみる。すると、ミヒャエルの肩がぴくりと跳ねた。

（ふん……）

どうやら、侮蔑に反抗するだけの気概は、どれほど打ちすえられても失ってはいないらしい。そうでなければ困る。このブリスデンの兵士を、ロアルドを困らせたほどの活躍を見せた男だ。ロアルドは敵でありながら、ミヒャエルという男を、認めてもいた。

すぐに拷問に音を上げ、泣き喚くような男なら、あっさり打ち捨ててもいい。

ロアルドはミヒャエルの顎に手を掛けた。細い。鋭角的な顎のラインは繊細な印象を与えもする。だが気にせず、ぐい…っと乱暴な仕草で、顔を上向かせる。

かつては戦場で兵士をなぎ倒した、鉄の仮面の下にある顔を、不様な姿だと蔑《さげす》んでやろう、そうロアルドは思っていた。自国の兵士のためにも。傷だらけで、醜悪な男の顔を、存分に眺めてやろう。

「う…っ」

ロアルドの乱暴な仕草に、ミヒャエルが苦痛の声を上げる。いやに艶っぽい声だ。乱暴された後のような格好で、鎖に繋がれているから、淫靡《いんび》な気配を周囲に与えてしまうのか

しまう。

「お前……」

ロアルドは目を見開く。侮蔑してやろうと顔を寄せていたから、間近で彼の素顔を見てしまう。

澄んだ紫水晶のような瞳が、真っ直ぐにロアルドを見る。美しい瞳の色だった。

彼は捕虜として捕えられていながら、心は決して屈してはいなかった。それは、睨《にら》みつける眼光の強さで分かる。ロアルドの胸が、強烈な杭で射抜かれたようになる。

(これは、どうだ)

きつい、眼差しだった。頬に傷があるどころか、鑑賞に堪《た》えうる極上の美貌だ。戦場で連戦連勝の、強い男が。女性らしさは微塵《みじん》もない。だが、力強い騎士、そこから想像される容貌とはあまりに違い過ぎる。想像との差異に、ロアルドは愕然とする。

目が、離せない。鮮やかな吸引力に、惹《ひ》きつけられる。

(彼が本当に、我が兵を困らせていた騎士なのだろうか)

土砂崩れのせいで、ミヒャエルの頬には泥がこびり付いていた。薄暗い地下牢で引き裂かれたボロを纏《まと》っていても、それでもこれほどの強烈な存在感を与える男は、ロアルドの周囲に、今まで誰一人としていなかった。

「……」

ロアルドは顎に指先を掛けたまま、ミヒャエルを見下ろす。ミヒャエルは瞳を逸《そ》らさない。

「…陛下」

黙ったまま睨み合う二人に、心配げに部下が声を掛ける。

「密書の在り処を、どうあっても白状しないのですが」

ここにミヒャエルを閉じ込めた当初の目的を、ロアルドは思い出す。

彼は敵だ。自国を困らせていた男だ。そして、腹心の部下を倒した……。

憎々しい思いは、消え去ることはない。

ブリスデンにとって、ミヒャエルは邪魔な男でしかありえない。

高潔な瞳をしている騎士、彼を金で貶《おとし》めた配下の者のように、金で寝返るだろうか？

「お前がライフェンシュタインに向かおうとした目的は、何だ？」

ロアルドは訊ねた。

「それを訊いてどうする？」

「俺がお前に訊ねているんだ」

「私が答えるとでも思っているのか？」

答えないだろう。一筋縄ではいかない相手らしい。既に彼の引き裂かれた衣服が、それを証明している。力では、彼を服従させるのは難しい。ならば。

「国王の名の入った書状、それをどこに隠してある？　渡せばお前の欲しい物を、何でも与えよう。金でも、宝石でも、だ」

欲しい物を、何でも。皇帝として、ロアルドは何でも手に入れることができる。そしてそれらが欲しくて、部下は戦場で手柄を立てようとする。

どれほど忠実な部下であったとしても、ミヒャエルの部下は金品で、英雄を裏切った。人を服従させるのは、金と、…そして力だ。特に争いが起こる世の中で、力も金も持たない人間が生き残ることは難しい。

「どうだ？　たった一度だけ、頷《うなず》けばいい。そうすれば楽になれるぞ？」

ロアルドは裏切りをそそのかす。鉄の拘束具を付けられた手首は既に鬱血《うっけつ》し、指先は痛々しいほどに白くなっている。白い肌に、薔薇の花の様に紅い筋が、幾つもついている。ロアルドが来るまでに、かなり痛めつけられたようだ。傷の具合からすれば、こうして、ロアルドを睨み付ける気力が残っているのも驚きなのだ。彼の強靭《きょうじん》な意志を感じる。

「そんな物に私は心惹かれない。殺すなら殺せばいい。私が何より恐れるのは、金品で皇帝を裏切ったと思われること、忠誠心を疑われること、騎士としての名誉を傷つけられることだ」

最期まで、王を守って死んだと…そう思われたいと。

「俺の国での地位を約束しても？」

「お前の部下には絶対にならない」

これが、騎士道精神というものなのだろうか。どれほど魅惑的な条件を告げても、ミヒャエルは屈しなかった。薄汚い牢に繋がれていても、その気高さは失われてはいない。骨のある男だ。ロアルドの人生において一人として対等に横を歩ける人間はいなかったが、彼からはその匂いを感じ取れる。同じレベルで共に剣を交え同じ目標を抱きつき進むことができる相手、そんな人物をロアルドはずっと欲していた。なのに、初めてその期待を抱かせた相手が、まさか敵だったとは。

「金と力でしか、人を動かせないのか？　私の賢王は、私を心で服従させている。あなたはどうやら、部下に恵まれてはいないらしいな」

心底馬鹿に仕切った瞳が、ロアルドを貫く。

「私はローゼンブルグの国王のものだ。死ぬ寸前までも。永遠の忠誠を、彼に誓った」

――私は国王のもの――…。

目の前の男がそう言うたび、ロアルドの腹の底が熱くなる。目の前の男を、ローゼンブルグの国王は、心で服従させている。

ロアルドには決して、屈しないのに。

目の前の男の身体も、ローゼンブルグの王は征服したのだろうか。そう想像を掻き立てるに容易い、淫靡な気配をまとった肢体を、ミヒャエルは晒している。

「何を…っ！」

ロアルドを貶める無礼な言葉を吐き続けるミヒャエルに、部下が憤怒を漲《みなぎ》らせる。きつい眼差しについ、鋭角的な顎を捕えるロアルドの指先に力がこもる。

「くぅ…っ！」

ミヒャエルが最後の力を振り絞ったかのように顔を背《そむ》け、ロアルドの手を振り払う。首を締め上げるような仕草に、命を奪われると思ったのか、ミヒャエルの膝がロアルドを蹴《け》る。足首も鉄の拘束具が付けられ、壁に繋がれていたが、膝を上げる程度の鎖の余裕があったらしい。

「ぐ…っ」

予期していなかった反撃に、ロアルドはまともにミヒャエルの蹴りをくらう。だが鎖が、さらに上げようとしたミヒャエルの足を引き戻す。鉄の輪が新たな傷を、ミヒャエルの足首に付ける……。

「う…っ」

ミヒャエルが苦痛の吐息を洩らす。眉を寄せ、自ら付けた傷の痛みに耐えようとする。燃えるような憎しみの瞳とともに、ロアルドに最後の抵抗を、刻《きざ》みつけようとする。

じわり、とロアルドの下腹に、蹴り上げられた不快感が広がる。そしてそれ以上に熱いものが咽喉元まで噴き上げ、放出できない怒りの焔《ほむら》のようなものが下腹に溜まっていく。

蹴り上げられ一瞬でも苦しげな表情を見せてしまったロアルドを、ミヒャエルは馬鹿に仕切ったような目で見た。胸がすくような思いを、味わっているかのように。

ロアルドはミヒャエルから、手をゆっくりと離していく。

＊＊＊

ミヒャエルは首元から離れていくロアルドの指先を、ぼんやりと眺めていた。最後の抵抗、そのせいで足首に引き千切られそうな痛みを覚えている。

牢番や部下が、青ざめた表情でロアルドを見ていた。皇帝になんて無礼な真似をと、焦《あせ》っているに違いない。そして、自分は間もなく、ロアルドに殺されるだろう。

ロアルドはミヒャエルに背を向けた。離れていく広く逞しい背を、ミヒャエルは見つめた。

（こんな男だとは思わなかった）

最大の軽蔑を、ミヒャエルは彼に向けた。あろうことかあの男は、自分を金で懐柔しようとしたのだ。権力者の考えそうなことだ。金と力、それだけで人は従うと思っている。

ただ力強さ、それは、ロアルドは自負してもいいようにも思う。

自分の首筋を摑んだ手、それは骨太で頼もしく、力強さに満ちていた。皇帝でありながら、今、目の前にいる男は、戦場で戦う戦士の服装をしている。しかもところどころ、腕には傷があった。兵に戦わせておいて、自分は守られて後ろで安穏《あんのん》と過ごす…そんな性質ではないのかもしれない。それは、ただの権力者であるなら、できないことだ。

ロアルドの腕は太く、力瘤《ちからこぶ》が浮き出るほど、鍛えられている。雄の獣、しかも雄々しく猛々《たけだけ》しい、力を感じさせる男だ。

背もしっかりと高く、その美丈夫ぶりに、ミヒャエルも内心驚いていた。女性ならば彼の雄々しい腕に抱き締められたいと、一度は思うだろうほどの、男性的な魅力を、彼は放っている。

(だが、奴は私に金で裏切りをそそのかした)

騎士としての最大限の侮辱を、ロアルドは自分に与えたのだ。

許せない。

そのまま摑んだ首に力を込めれば、あの強い男のことだ。自分の首など易々《やすやす》と締め上げて、殺すだろうと思ったのに、ロアルドが自分から腕を離したのは意外だった。

このまま去り、もう二度とは自分に向けられないだろう背を、それでも、最後までミヒャエルは睨みつける。だが。

(え……?)

ロアルドは地下牢の隅に置かれた、硝子《ガラス》の瓶を手に取ると、再びミヒャエルの元に引き返してきたのだ。

瓶のコルクを勢いよく引き抜く。葡萄酒か、発泡させた果実酒か、強い香りが空気がこもった牢に広がる。傷を負った身には、その匂いはきつ過ぎてこたえる。

薄紅色の液体が、瓶の口から溢《あふ》れてくる。発泡させた果実酒《シャンパン》のほうだった。牢番へ差し入れられた食事に、添えられていたらしい。

どうするつもりだろうか。

「陛下…?」

今さら、無礼を働いた男の元に、何をするために戻ったのかと、部下たちもロアルドの意図を図りかねているようだ。

骨太の彼の手元を、ミヒャエルは見つめる。すると、彼は瓶を逆さにして、ミヒャエルの身体に中の液体をぶちまけたのだ。

「何を…っ!!　あう…っ!」

身体の上を、泡を伴った液体が滑り落ちていく。泡が、肌の上で弾《はじ》けた。弾けるたびに肌の上を焼け付くような刺激が走る。

(傷が……)

傷の上を、酒が伝い降りていく。付いたばかりの筋に、酒が沁《し》みる。焼けるような熱さに、肌が燃える。新たな苦痛が、傷口から生まれた。

（この、男…っ）

ただ侮蔑の言葉で嬲《なぶ》るだけでは、飽き足らなかったらしい。皇帝である彼を侮辱した自分を、許すつもりもなかったようだ。新たな苦痛を、鞭以外の手段で与えようとするのだ。

引き裂かれたわずかに残った衣服が、酒のせいでぴったりと肌に張り付いたようになる。裂かれた布の残骸の合間から覗く胸の突起に、泡が引っ掛かる。それがロアルドの目の前で弾けた。

（…ぁ……）

痛みとともに熱い刺激が、胸に生まれる。アルコールを皮膚に直接ぶちまかれ、ミヒャエルの白い肌が、無理やり緋色に染められていく。

ロアルドが、紅く染まっていくミヒャエルの肌を見下ろしている。眼光の鋭さに、じん…とミヒャエルの胸に、痺れるような感覚が走った。

肌に無理やり直接アルコールを吸収させられる。傷口にも入ったせいか、飲まずともアルコールが強くミヒャエルの神経を侵《おか》す。ぼう…っと視界が霞《かす》み、深く酒を摂取した時のような熱さが、ミヒャエルを包む。

「密書をどこに隠した？」

ロアルドがもう一度、訊いた。低い、地を這うような声だった。もしかしたら、本気で怒らせたのかもしれない。

「言う、ものか…っ」

ミヒャエルは苦しい吐息を喘《あえ》がせる。酒は時に口を軽くする。酒の力で、ミヒャエルの口を割らせようとでも、するのだろうか。前後不覚にして。

ミヒャエルが抵抗を続ければ、ロアルドはもう一度、酒をミヒャエルに注《そそ》ぐ。

「う、う…っ」

傷口からアルコールが全身に回っていく。燃えるように身体が熱い。そして、脳髄までが痺れ、アルコールに侵されていく。苦痛の声を洩らせば、ロアルドが胸に付いた傷の上に、指先を触れさせた。ロアルドの指先に、酒が伝わる。びり…っと触れた部分が苦痛とは違う痺れをもたらした。酒のせいで火照《ほて》った身体、しかも傷口は鋭敏になっている。

「痛むんだろう？　傷が。さっさと言えば、こんな苦痛からは解放される」

「誰、が……っ」

ミヒャエルは絶対に、告げるつもりはなかった。ロアルドが自分を嬲る腕が、激しくなっても。殴られても、そして殺されてもいい。

ミヒャエルはきつく、口唇を噛み締める。その様子を、ロアルドが見下ろしている。

絶対に屈しない、その態度は、敵という立場の相手の、加虐心《かぎゃくしん》を煽《あお》るだけであっても。

ロアルドの部下たちはとうとう、自分たちが王と頂く相手に対する、ミヒャエルの無礼な態度に憤怒を漲らせたようだ。腰に下げた刀剣を、抜こうと柄に手を掛ける。

「沁みて痛いだろうに。こんなふうに紅く光らせて」

酒が伝わる場所に、ロアルドが触れる。彼の指先が酒に滑り、ミヒャエルの胸の突起を掠《かす》った。

「あう…っ」

それは、無意識の悲鳴だった。こもった場所に、掠れた声が余韻を残して響く。気の強さを失わなかった声が初めて、意図せず弱々しく掠れたようなものに変わる。

絶対に屈することのなかった男の、そのつもりはなかったにせよ、初めての弱さを感じさせる声だ。部下たちが、驚いたようにロアルドの背後で動きを止める。

「ふん……」

ロアルドの鼻が鳴った。妖《あや》しい企《たくら》みを思いついたように、鋭く険しい目が細められる。

ただ滑っただけだった指先が、今度は意図を持ってミヒャエルの胸の突起を引っ掻く。

(やめろ…っ!)

声をミヒャエルは上げなかった。敏感になった突起は、むず痒《がゆ》い感覚をもたらした。びくん、と激しくミヒャエルは肩を跳ね上げる。

「お前は口よりも、身体のほうが素直らしいな」

嘲笑《あざわら》う声とともに、ロアルドはミヒャエルが反応した部分を摘《つま》み上げた。

「ひ…っ」

途端にずきりと走った衝動に、ミヒャエルの噛み締めた口唇が解《と》かれる。暴力、苦痛ならば耐えられる。だが、ロアルドの掌はミヒャエルの胸を、潰すように、そして掌で包み込むようにして、揉みしだく動きをみせる。それは、淫靡さを伴った、動きだった。

(何を…っ)

ミヒャエルは目を見開く。

「さすがの高潔な騎士も、愛撫の手には弱いか？　快楽に、男の本能は正直だな」

(愛撫、だと…っ？)

何をしようとするのか、この男は。だが、掌は膨《ふく》らみもないミヒャエルの胸をまさぐっている。指先が胸の尖《とが》りを押し潰すように蠢《うごめ》く。長い指が尖りを挟み込み、こりこりと狭間で肉粒を揉んだ。指の腹に擦り上げられれば、強烈な痺れが走る。それは官能を伴った、感覚だった。痺れは肌の表面を伝い、下肢へと流れ込んでいく……。

男の長い指…それが自分の胸に這わされ、尖りを揉んでいる。指の淫靡な動きが繰り返され、ミヒャエルの腰が揺らいだ。男が自分の胸を弄《いじ》っている。しかも淫猥《いんわい》過ぎるほどの動きで。指の動きが目に飛び込んでくる。いやらしげな手付きを間近で見せ付けられ、ミヒャエルの頬が羞恥に染まっていく。

「どうした？」

　く…っとロアルドの咽喉が低い笑いに鳴る。ミヒャエルの反応を分かっていて、シャンパンを胸の尖りに擦りつけ、鋭敏になった部分を柔らかく揉み解《ほぐ》そうとする。

「…ぁ……」

　呑み込みきれなかった悲鳴が、口角から零《こぼ》れ落ちる。周囲が一瞬、静まり返る。

　ミヒャエルの反応に、部下たちは息を呑んだ。

　ロアルドは新たに掌にシャンパンを注いだ。それでもう一度、ミヒャエルの胸を揉むようにして包み込み、シャンパンにミヒャエルの胸を浸そうとする。

（や、やめ…ろ…っ）

　ぞくりと肌が戦慄《わなな》く。背に戦慄が走り、激しくミヒャエルは身体をしならせた。

　ロアルドの手管《てくだ》は巧みだった。弾ける泡の微細な感覚すら利用し、ミヒャエルを感じさせていく。

「う…っ、う…っ」

　くちゅくちゅと肉の擦れる音が、水音に混じって耳を突き刺す。その音が、自分の胸を目の前の男が苛《さいな》み、揉んでいる音かと思えば、眩暈《めまい》がしそうになる。こんな屈辱的な嬲り方が、許せるはずがない。だが、男はミヒャエルを、最高の恥辱に貶める方法を見つけ出し、選んだのだ。

「どうした？　もっとここを弄って欲しいのか？　腰が揺らめいているな」

胸を弄られ、じれったい疼きが下肢に溜まっていく。ロアルドの指摘で、腰を無意識の内にもぞりと揺らめかせていたことを、ミヒャエルは知った。

今までは知らなかった感覚だ。心が、官能の闇に突き落とされていく。嫌なのに、身体は反応してしまう。

(や、め…っ)

咽喉《のぞ》を仰け反らせ、体内に這い上がる淫靡な感覚に耐える。

(こんなことが、どうして、私に…っ)

自分の身体が男の玩具《がんぐ》になるなど、ミヒャエルは想像もしてはいなかった。

騎士としてだけではなく、男として最低の恥辱を与えられる。

初めて、ミヒャエルは切なげに瞳を歪《ゆが》めた。その視線の先に、ほくそ笑むかのようなロアルドの眼差しがある。そして背後には、彼の部下たちの好色そうな目があった。興味深く、淫心を抱いている、いやらしい瞳の色をミヒャエルは見た。

どうあっても屈しない、そのミヒャエルが、男に嬲られているのだ。ロアルドの手技で胸を弄られたとき、ミヒャエルは初めて意志を奪われ、相手の思うままに反応をしてしまった。今までに、ミヒャエルの身体に触れた男はいない。まっさらな身体は、慣れた男の愛撫に抵抗する術《すべ》もない。まして、アルコールに侵された身体は鋭敏になり、ロアルドの指先の些細な動きにも、過敏に反応してしまう。

「ここを、もっと弄って欲しいのか？」

　指がくちゅくちゅと尖りを弄り、乳首を指の腹で回す。するとぞくんぞくんと熱い快楽が、身体中を這い上がるのだ。

「硬くなってきてるな」

　自分でも胸が硬く勃《た》ってきたのが分かった。しかもじゅん…と熱い官能が走る。

　生々しい愛撫に、下肢が強烈に疼いた。

「なんで、こんな…っ」

　やめろ、と何度も首を振った。だが、ロアルドは執拗にミヒャエルの胸を揉みまわす。するとじんじんと刺激が突起を走り、はっきりとした快楽が、ミヒャエルの陰茎《いんけい》を疼かせるのが分かった。もう一度、ロアルドがミヒャエルの尖りを摘み上げたとき。

「あ…っ…！」

　上げてから、ミヒャエルははっと口唇を閉ざす。いやらしい、高い、女のような声だった。感じているのを知らせる、淫靡な気配を伴った声だ。

（今のは、一体……）

　まさか自分がこんな声を上げるなんて。深い動揺の中に叩《たた》き込まれる。

「いい声だ」

「…っ！」

低く笑いながら、ロアルドが楽しむように言った。自分の声が、男を楽しませるための喘ぎ声になる。

嫌だと思っても、その間もロアルドはミヒャエルの胸を揉む動きを止めない。一度感じ始めた身体は、どんどん息が上がっていく。ミヒャエルは荒く息を吐いた。

同様に、ロアルドの背後で、荒い息が上がるのをミヒャエルは聞いた。ロアルドの手中で痴態を晒す自分を、部下が見ている。

見られている。地下牢を、そして繋がれたミヒャエルの身体を、淫蕩《いんとう》な興奮が包む。

「離せ…っ」

「離していいのか？　ここも疼いてたまらないんだろう？」

ロアルドがミヒャエルの胸元から一旦指を離した。そしてゆっくりと指先を肌に伝わせたまま、下へと滑り下ろしていく。そこはもう、下肢を申し訳程度にまとう布しかない。陰部を覆う布はこんもりと盛り上がり、ロアルドに反応を知らせてしまっていた。

はしたない反応を見せる部分を、ロアルドの眼光が射抜く。

（……っ…！）

強烈な羞恥が身体を突き抜けた。けれど、見られていることにより、膨らみは一層の質感を増してしまう。指先が一瞬、肌を離れていくのに、ミヒャエルは息を呑んだ。そこに生じたのは、期待が奪われた無念さだと、認めたくはない。だが、ロアルドは布の上から強くミヒャエルの急所を握り込んだ。

「あう…っ！」

胸だけで焦らされていたミヒャエルにとって、それは激しすぎる快楽だった。耐え切れず、ミヒャエルは目を見開く。ロアルドは摑んだまま、ミヒャエルのものをやわやわと揉みしだく。

「ここだけでなく、ここも弄ってやろう」

股間を握り締める腕はそのままで、先ほどまで痛痒いほどに弄っていた部分を、もう片方の指先で、もう一度ロアルドは摘み上げた。

「あうう…っ」

そこは男の愛撫のせいで、真っ赤に熟《う》れ過ぎたような色に、染まっている。ぷっくりと充血し、淫猥に尖りきっている。そこを下肢を握り締められながら弄られるのはたまらない。耐え切れずミヒャエルは高い悲鳴を上げた。

「あ、ああ…っ」

下肢を揉まれると、荒く、熱い吐息が、次々に零れ落ちた。誰一人、他人が触れたことのない場所を、あろうことか敵がまさぐっている。硬くなった胸と同様、硬くなった局部を、男が弄りまくっている。恥ずかしい部分を擦られ、同時に両方を責められて、ミヒャエルは身体を熱くさせているのだ。

激しい射精感が込み上げ、ミヒャエルは慌てた。

「ひう、あ、や、め」

(だめ、だ。私は…、どうして、こんな…)

自分のはしたない反応が、信じられない。男の愛撫の手に反応し、射精感を募《つの》らせているなど。胸を弄りまくられ、股間を揉まれれば、たまらない愉悦《ゆえつ》が込み上げて、ミヒャエルは腰をよじった。

いやらしげな腰の動きをしているのが、自分でも分かる。

逃げようとしても逃げようとしても、引く腰をロアルドが追いかける。もとより鎖に繋がれていては、逃げることはできない。しかも弱い部分を取られ、握られてしまっている。それは力で人を屈服させる、一番の手段だ。

「卑劣な…っ」

「そうか？　だがその卑劣な男に握られて、感じているんだろう？」

ロアルドによって送り込まれる淫靡な刺激が、全身に大きな波となって、ミヒャエルの理性を奪う。

悔しいのに、相手は敵であるはずなのに、身体が快楽に咽《むせ》ぶ。どうしようもなく、あそこが熱くてたまらない。巧み過ぎる男のやり方に、戦場しか知らなかった男の性感が、確実に開花させられていく。愛撫に慣れないミヒャエルなど、皇帝として、そして勢力に漲った肉欲的な男の獰猛《どうもう》さの前には、ひとたまりもない。

「あ…ッ、あ、あ、あ…ッ」

断続的な悲鳴が、後から後から口をついて出てくる。胸の尖りも、男として大切な部分も、硬く勃ち上がり、切ない疼きに身体中が支配されている。

「気持ちいいんだろう？　素直に身を委《ゆだ》ねれば、もっと気持ちよくさせてやるぞ」

恥ずかしすぎる反応を見られながら、鎖のせいで抵抗することもできずに、男に存分に嬲り尽くされるのだ。ミヒャエルが、愛撫の手に身体を跳ねさせるたび、じゃらりじゃらりと鎖がうねり、捕虜としての立場を思い知らせる。蜜が溢れ出すのを耐える先端が、痺れる。揉まれたままの胸も、疼いてたまらない。

初めて知った男に嬲られる淫靡な官能を、ミヒャエルは必死で受け止める。送り込まれる快楽は、ミヒャエルの脳の芯まで痺れさせている。

「直《じか》に握って欲しいか？」

責め立てる言葉が、淫奔な誘惑を伴い、耳に注ぎ込まれる。開きそうになる膝を、ミヒャエルは必死で閉ざす。

「どこまでその強情さがもつか」

嬲る言葉とともに、ロアルドがわずかに覆うばかりのミヒャエルの布をば…っとめくった。そして、狭間から掌を滑り込ませた。

直に握られる——。

「あ…っ！」

布の上から揉みしだかれる刺激などと、それは比べ物にならなかった。肉同士が直接触れて、擦り上げられる。

勃ち上がりかけた肉茎を、掌で揉みこまれる。生々しい感触に、いっそう射精感が募った。掌の体温を、直に感じる。ささくれだった男の掌の感触、指についているだろう傷が、茎に引っ掛かる。それらの感覚をすべて、勃起でとらえる。勃ち上がったものは敏感で、ロアルドの指がどのような形をしているかもすべて、触れれば分かってしまう。

（う…、だめだ。離してくれ。でないと、もう…っ）

あっけなく、果ててしまいそうになる。この男の掌に射精するなど、絶対にしたくはない。しかも、ロアルドの背後には今まで自分を痛めつけていた牢番や、部下たちがいるのだ……。

（こんな、男の前で……）

喘ぎ声を上げるだけでも屈辱なのに、尖らせた胸も、そして勃ち上がらせた茎も、…快楽に震える身体まで見られている。

悔しい。だが、熱く淫靡な疼きに侵された身体は、どうにも止まらない。噴き出すことを我慢した熱は下肢にたまり、びゅくびゅくと陰茎を震えさせている。

くねる腰の動きは止まらない。

「痛みは我慢できても、快楽には弱いか。いやらしい騎士だな、お前は」

（私は、か、感じて……）

自慰でも、これほどの快楽を得たことはなかった。親に進められるまま会った女性と深い仲になったことはあったが、彼女たちは慎《つつ》ましやかにミヒャエルの下で身体を開くだけで、奉仕をするような女性にも巡り合ったことはない。女性達はこれほどの肉体的な快楽を、ミヒャエルに与えはしなかった。ミヒャエルも快楽を第一として、性を扱おうとは思わなかった。

性にはかなり、ストイックなほうだったかもしれない。厳格であること、それを自分にも課していた。自分の精神や肉体を鍛えること、それを優先してきた。

ぐちゅ…っ、ぐちゅ…っという音に、ミヒャエルは自分が先走りの蜜を溢れさせているのを知った。淫汁を、男は先端に塗り付け、一層の快楽を送り込もうとする。

「やめろ…っ」

制止の言葉を吐きながらも、ミヒャエルの腰が突き出されたようになる。もっと擦って欲しいと、茎をロアルドの硬い掌に、擦り付ける様にしてしまった。すると、滲み出す淫猥な液体を、ますますロアルドは茎に塗り込める。爪先が、蜜を溢れさせる小さな口に突き立てられた。

ほどになっている。

全身に電流のような悦楽が走り抜ける。びんびんに硬くされた場所はもう、はちきれる
「あ、あ、あ…ッ」

ミヒャエルは腰を揺らし、ロアルドの掌に勃起を擦り付け、快楽に喘いでいた。

全身の感覚が、ロアルドの触れる部分に集中する。自分の身体が、ロアルドに弄られている胸の突起と、下肢の勃起だけに、なってしまった錯覚に陥《おちい》りそうになる。

甘く、そして強烈に疼かせる愛撫のやり方に、ミヒャエルは身体を燃え立たせた。

「どうだ？　そろそろ言う気になったか？」

理性を手放してしまいそうなほどの快楽の渦に巻き込まれていた身体は…その言葉にはっとなる。ミヒャエルは精一杯顔を背けると、口唇を再び噛み締める。

「こんなにここを濡らして……」

薄暗い場所に、いやらしげな音だけが響く……。なのに、その音が耳に送り込まれるたび、ミヒャエルは陰茎を震わせるのだ。膨らみを増したそれは、どうしようもなく、淫靡な疼きに支配され、ミヒャエルの理性を脳髄まで犯していく。

「いやらしい音を立ててるぞ。女よりもここをぐしょぐしょに濡らして。騎士殿は女のようにここを嬲られるのがお好きかな？」

その言葉に、背後で部下も低く笑うのが分かった。

羞恥と屈辱に、身体中が震えた。だがそれよりも、与えられる悦楽の波が、全身を震わせる。小波のように押し寄せていた快楽の波が、段々その幅を大きくし、やがて快楽の大波に全身をさらわれそうになる。

（あ、あ、あ、…ッ…）

込み上げる嬌声《きょうせい》を、ミヒャエルは必死で飲み込む。

悶え、よがり狂う身体は、耐え切れないほどに熱く、淫靡な快楽を貪《むさぼ》っている。射精はすまいと思っていても、放出の欲望に耐え切れなくなる。

とうとう禁忌《きんき》を迸《ほとばし》らせようとした瞬間、ロアルドはミヒャエルに与えていた愛撫の手を止めた。

（…っ！）

信じられないものを見る目つきで、目の前の男を見上げる。ミヒャエルが身体を強張《こわば》らせると、再びロアルドは愛撫を開始する。掌の中で揉みしだき、そして茎を前後する。茎を強く握ったり緩めたりしながら、男は緩急をつけた愛撫を、肉茎に施す……。そして、ミヒャエルが昇り詰めようとすると、ロアルドは手の動きを止めてしまうのだ。

達《い》けないもどかしさに、ミヒャエルはもぞりと腰を蠢かせた。達する寸前で、何度も、何度もロアルドはミヒャエルを突き放す。

「お前が口を割れば、もっと気持ちよくしてやろう」

(これ、以上…?)

頭がぼう…っと快楽に霞んでいく。今でも充分すぎるくらい、ミヒャエルの身体は燃え立たされている。今以上の快楽を与えられたら、自分の身体はどうなってしまうのだろう。

「あ、あ……ンっ、ふ、んんんッ…!」

それはたまらない責めだった。もどかしさは快楽を増幅させる。悶え快楽に苦しみながら、男に弱い部分を握らせたまま、ミヒャエルはいやらしく腰をくねらせている。

その痴態を、存分に目の前の男は楽しんでいるのだ。

(でも、もう……)

悔しいが、どうしようもなく苦しくて、身体が疼いてたまらない。ミヒャエルが悶える様を堪能し、充分に嬲った後、ロアルドはやっとミヒャエルから指先を離した。

「どうだ…?」

そして、口を開くことを促すように、ミヒャエルの顎を取る。口角からは喘ぎ続けたせいでいつの間にか、透明な蜜が滴っていた。頬を真っ赤に上気させ、唾液を零し、陵辱《りょうじょく》を受け続け眉を寄せたミヒャエルの表情からは、先ほどの勢いは失われている。

ロアルドの指先が、口角から落ちる蜜をすくった。そして、密書の在り処を吐くことを促すように、口唇を開かせようとする。

ロアルドは油断したのだろう。大人しく、手なずけられると。

（そうはいくものか…！）

ミヒャエルは、口唇にロアルドの指が触れた途端、それを噛む。今まで自分を嬲ってい
た指先だと思えば、容赦などするつもりもなかった。

「く…っ！」

驚いたようにロアルドが指を引っ込める。

「いい加減、諦《あきら》めろ…！」

苦しい息で肩を喘がせながら叫び、ミヒャエルはき…っと睨み付けた。途端にが…っと
両肩を掴まれる。

「あう…っ！」

激しい勢いで、身体を叩きつけられる。胸が石の壁に打ち付けられ、一瞬、息が止まり
そうになった。

「この男の身体はすべて、調べたんだな？」

「はい」

「そうか。だが、体内には隠せる場所はある。そこはまだ、調べてないだろう？」

（……？）

背後でぴしゃりと、床に酒が零れ落ちる音がする。

「例えば…ここか」

たっぷりと掌に酒を含ませると、ロアルドはミヒャエルの信じられない部分に、強引に指を捻じ込んだのだ。

「ひ…っ、あああー…っ…」

突き立てられた指は力強い動きで、無理やりミヒャエルの中を蹂躙《じゅうりん》する。潤《うるお》いを与えられた指は、ずぶずぶと肉壁にめり込んでいく。ぐいぐいとミヒャエルの中を征服しようとする動きに、ミヒャエルは腰を引いて抗《あらが》おうとする。だが、ロアルドはむろん、それを許そうとはしなかった。

指が体内にめり込んでいく…。信じられない行為を受けているというのに、前を散々煽られたミヒャエルにとって、それは新たな刺激になった。指はミヒャエルの中を突き上げ、ある部分を探り当てる。

「あ…ッ！」

「ここか？　お前のいい場所は」

「何を、探しているんだ…っ」

書状の有無を調べているかと思ったのに、どうやら違うらしい。それはずぼずぼと抜き差しされる指先の淫猥な動きで分かる。中を煽るように、指が前後する。まるで、…男根を入れて抜き差しするような動きで、指を抜いては突き上げられる。

（あ…私の…痺れ、て…。腰、が…）

強烈な刺激に、耐えるのが苦しい。ミヒャエルの反応を見て、ロアルドは指を二本に増やした。増やされた指が、中をぐりぐりと刺激する。壁を摩擦され、痺れるような悦楽に下肢を支配される。

「私、は…っ！　国王からの手紙を、そんな場所に入れたりは、しない…っ」

それでも陥落しないミヒャエルに、ロアルドは瓶を傾ける。二本の指の狭間、広げられた場所に、酒が垂らされるのが分かった。

「あ…」

冷やりとした感触に、ぞくりと内壁が戦慄く。

（そんな、ところに…っ）

酒が双丘を伝わり、とろりと広げられた場所に垂れていく。

「もし入っていたとしても、これで読めなくなるだろうな」

ロアルドがミヒャエルの身体を弄ぶ……。

「う、あう…っ」

文字を台無しにするかのように、たっぷりと中に酒を注がれる。その間も奥へ送り込むように、ロアルドは中を掻き回していた。直接内壁に、アルコールを摂取させられる。身体の芯がじゅん…と熱くなる。それは、アルコールのせいだけではない。

「これでも言わないつもりか？」

「やめろ…っ！」

最奥をぐり…っと抉《えぐ》られて、ミヒャエルの背に淫靡な快楽が駆け抜ける。

「あああ…っ！」

とうとう、激しい声が迸る。どろりと目の前が赤く染まる。ぴしゃ…っと激しい音がして、ミヒャエルは茎に添えられていたロアルドの掌に、精を放ったことを知った。

（あ、私は…）

「く……っ」

悔しさのあまり、ミヒャエルは口唇を噛む。周囲に人がいる中で、射精を強要されたのだ……。

達する瞬間を、今まで馬鹿にしていた敵の配下に、見られた――。

「いい姿だな」

「貴様…っ！」

殴りかかろうにも、身体は鎖に繋がれたままだ。しかも放出したばかりの腰は甘だるい余韻に、じんじんと痺れている。

これ以上の屈辱はない。恥辱に貶めた目の前の男に、憎しみが込み上げる。

それは激しい衝動だった。絶対に、許すものか。冷静で感情を滅多に高ぶらせることのないミヒャエルが、初めて感じた激情だった。目の前の男にだけは、腹の底から込み上げる熱い憎しみを抱く。

「強情な奴だ」

「は、…は…ッ」

荒く、ミヒャエルは肩で息をつく。

「お前こそ、諦めの、悪い、奴だ…」

敵の怒りを煽ると分かっていて、クールな美貌に、冷徹な笑みを浮かべる。たとえ嬲り殺されても、挑発するのは止められなかった。氷のような冷たい笑みだ。一睨みでそれは、部下を震え上がらせてきた。周囲を、瞬時に凍りつかせる。

ミヒャエルの様子に、ロアルドが片眉をそびやかす。目を眇《すが》めながら、彼は服のポケットから練った丸薬のようなものを取り出した。

はっとミヒャエルは身体を強張らせる。

「何だ、それは…っ」

「…痛みを和らげる薬だ。暴れたせいで、あちこち傷がついているからな」

身体はもう、限界だった。暴れ続けたせいで、最後の体力を、使い果たしてしまったようだ。

妙な気遣いを見せられ、ミヒャエルは戸惑う。だが、ここで殺しては、ロアルドが疑っているミヒャエルの使命、それを吐かせることができなくなる。だから生かす方法を選んだのだろうか。

　毒という心配を、一瞬、ミヒャエルは抱いた。隠せなかった不安が込み上げる表情に、ロアルドは自ら口腔に、丸薬を放り込んでみせる。シャンパンの瓶を、男らしい仕草で呷《あお》る。そして、次の瞬間、ロアルドはミヒャエルに口唇を重ねたのだ。

（嘘だろう…?）

　ミヒャエルは目を見開く。シャンパンとともに、丸薬が咽喉奥に流し込まれる。

「陛下…!」

　驚きの声が上がる。

「ん、んん…っ」

　口唇を塞がれ、飲み込み切れなかった雫が、口角から零れ落ちた。その雫すら、熱い舌に舐め取られる。口唇を重ねられるのに、ミヒャエルは抵抗を試みた。だが、手首は鎖に繋がれているというのに、その上からロアルドは掌を重ねるのだ。そして、逃がすまいとするように、ぴったりと正面から身体を押し付けられる。

　逞しい身体が、ミヒャエルを石の壁と、己の身体の間に閉じ込める。手首をさらに冷たい石の壁に抑え付けられ、すべての抵抗を奪われて、口唇を塞がれる。

　石の壁を背中に感じるからだろうか。その冷たい感触に反して、重なる逞しい身体はあまりに熱い。シャンパンをミヒャエルの口腔に含ませておいて、ミヒャエルの舌をロアルドは味わった。シャンパンの味を、ミヒャエルの口腔ごと楽しんでいる。

余裕のある仕草で、口腔の粘膜をロアルドが舐め上げる。シャンパンの泡とともに、舌が愛撫されるように絡《から》む。逃げるほどに強く、舌を吸われた。

深く、強く絡み合う、口唇だ。戦場で戦う者同士という立場を知らない者が見たなら、深く求め合う恋人同士だと錯覚したかもしれない。それほどに強く、口唇を奪われる。

「ん…ん」

どれほど長い間、口唇を重ねているのか分からない。息ができず、気が遠くなりそうになる。けれど、ミヒャエルが逃げるのを止めるまで、ロアルドは挑むつもりらしかった。

きっと、ミヒャエルが怯《ひる》み、屈服するのを望んでいるのだ。嫌がる行為をわざと仕向けられるほど、負けたくない気持ちが込み上げる。屈辱から逃げるために舌を噛んでは、相手に一矢報いることもできない。

(だったら…そっちがその気なら)

ミヒャエルはわざと舌を強く絡ませた。ロアルドはうろたえることもせず、余計に強く舌を吸い上げる。男が戦いを挑むような、力がぶつかりあうような、肉惑的なキスだ。

どのくらい重なっていただろうか、自ら挑んでおきながら、口腔への愛撫に似たキスに、ミヒャエルは訳が分からなくなるくらい感じさせられた。

結局は、この男にはキスの巧みさでも、敵《かな》わないのだということを、思い知らされる。口唇が離れると、今まで重なっていたことを分からせるように、口唇の間に銀色の糸がねっとりと引いた。粘液の感触が、ロアルドとのキスの長さと激しさを知らしめた。目の前にはロアルドの口唇がある。それは官能的で、肉惑的だった。それが糸を通じて、自らと離れた後も繋がっている……。身体を嬲られるよりもなぜか、ミヒャエルは頬が強く赤らむような気がした。

「薬は飲み込んだみたいだな」

ロアルドに挑んだせいで、薬を吐き出すことも忘れていた。もしかしたら、彼の思うままに、操《あやつ》られていたのかもしれない。そう思ってほぞを噛んでも、どうにもならない。それに、ロアルドの言葉を信じるならば、痛みを和らげる薬だという。

それが、死…へと誘《いざな》う薬であったら、と思ったが、ロアルドも口に含んでいる。彼は毒に耐性がある性質なのか、それとも。

ミヒャエルは不安を隠し、覚悟を決めて薬が効いてくる時間を待った。

薬は、ほどなくして効果を発揮した。

ほんのわずかな時間の後——。

「ア…ッ、ふ…ッ…ぁ…」

ミヒャエルは熱い吐息をついていた。吐息が上がる。上がる息が、少しも収まらない。

それどころか、声に嬌声が混じる。じくじくと疼いていた下肢は、触れられてもいないのに、硬くなり始めている。

あえかな吐息を混ぜるミヒャエルを、ロアルドは満足げに見下ろしている。

（なぜ、だ…っ）

「貴様、私の身体に何をした!?」

明らかに自分の身体はおかしい。酒だけではない熱さに、全身が支配されている。

（まさか、欲情を昂《たか》ぶらせる、薬…？）

媚薬の類だろうか。

「薬はちゃんと効いてきたみたいだな」

充分にミヒャエルの反応を楽しんだ後、ロアルドは言った。

「なんで、こんなものを持っているんだ…っ」

「戦場では、傷を負い、すぐに痛みを和らげる必要もあるだろう。痛みを麻痺させる代わりに、…それは神経を侵す。捕えた捕虜に口を割らせる必要もあるしな」

ロアルドはもっともな理由を告げる。この男は、戦う男だ。自国を勝利に導くために、手段は選ばないのだ。

（くそ…っ）

先ほどの淫靡で強烈過ぎる口づけ…それがなければ、これほど身体は昂ぶらなかったかもしれないのに。ミヒャエルの身体は薬に侵され、そして重ねられた口唇のせいで、煽られてしまった。舌を絡まされている間に、ミヒャエルの股間のものは熱く熱を帯び、再び快楽の淵に身体が沈み込む。身体の芯が、大切な部分が熱い。

(私の身体は一体、どうなって……、う、疼いて、たまらな…)

身じろげば、狂おしいほどの波が押し寄せた。放っておかれたままの胸、そして下肢が強く疼く。うずうずに疼きまくったそこを、弄って射精してしまいたい。なのに、己の手首は頭上で拘束され、しっかりと壁に括り付けられている。

(触ってしまい、たい…のに)

できない。だが、周囲に誰がいても、今の自分は手首の拘束さえなければ、自らの茎に手を伸ばし、扱《しご》き上げ放出してしまっただろう。それほどに深い疼きに侵されていた。それは甘く甘美な享楽だった。疼きすぎて苦しいのに、これほどの快楽を与えられたことは今までになく、もっとたゆたっていたい、そう思わされる危険な快感だ。意志の弱い者ならば間違いなく、この快楽の前に、すべてを明け渡すだろう。

ミヒャエルも足を揺らめかせ、膝を擦り合わせ、弄ってはもらえないものを自ら愛撫する動きをする。それでももどかしくて、…たまらない。

早く弄って欲しい。その骨太の男らしい指先で、…そう願ってしまい、ミヒャエルは慌てた。先ほどあれほど情熱的にミヒャエルを嬲ったくせに、今度はロアルドは一度も、ミヒャエルに触れようとはしない。口唇を離した後、ロアルドはミヒャエルから離れた距離にいる。

「他の捕虜たちは？」

（っ!!）

ロアルドはミヒャエルに背を向けた。背後の部下に声を掛ける。部下たちははっとしたように、ロアルドに答えた。

「別の牢に繋いでありますが…」

「どんな様子だ？」

「これほどの抵抗はしておりませんから、陛下の指示をいただくまで、拘束しているのみです」

特に拷問を受けているわけではないらしい。ロアルドは牢の中にある椅子に座った。蠟燭が置かれた木のテーブルと椅子が、入り口付近には置かれてある。詰問を繰り返す牢番が、強情なミヒャエルに疲れ、時折そこで休んでいた場所だ。そこにロアルドはどっかりと腰を下ろしてしまう。そして、部下から報告を受け始めた。

（この、男は…っ）

うらめしげな想いと苦しさに、目の前が真っ暗になる。だがミヒャエルの身体の熱い疼きは収まらない。仕事の話を始めた彼らの横で、ミヒャエルは股間をみっともなく勃たせた姿で、腰を揺らしている。あまつさえ、弄ってもらうのを待つことしかできない。しかもそれを期待している。お預けをくらうような犬のように。

「捕虜たちは？」

「…指令していた者を捕えているのですから、余計な策略は止めたほうがいいと伝えましたら、今のところは大人しくしています」

ミヒャエルの横で、淡々と彼らは話している。ロアルドはまるきりミヒャエルに興味をなくしたかのように、話を進めている。本当に、興味を失ったのだろうか。

嫌な予感がミヒャエルを襲う。ミヒャエルは国王からの密書を持っていないと告げた。身体中を調べられても、それは見つからなかった。今度は捕虜の誰かに託したのではと、彼らを調べ始めるかもしれない。

彼らが冷静に話を続けている間も、薬はミヒャエルを侵していく。

「あ、…あ…っ、あ、ん、ふ…っ」

悔しかった。彼らが戦況を話している間も、ミヒャエルだけがみっともなく牢の片隅で、嬌声を零し続けている……。悔しくても声が止まらないのだ。腰が自然に揺れる。内腿の狭間を、つつー…と冷たくぬめった感触が滑り落ちるのが分かった。

（私は、濡らして……）

先端に蜜を溢れさせ、それが茎を伝い、内腿に落ちていく。ぐしょぐしょになった布は、ミヒャエルがどれほど感じているかを知らせている。女のように嬲られ、悔しいのに、今の自分は恥ずかしい部分をしとどに濡らし、もだえている。ロアルドの掌で達かされた先ほどの絶頂、その感覚を、たった一度で身体は覚えてしまった。その快楽は、味わったことのない、激しさだった。

嫌悪を感じながらもあの時の自分は、目の前が真っ白になるほどの愉悦を味わっていた……。あの掌の巧みさで、もう一度達かせて欲しい。そう思って、ミヒャエルは慌てた。男の愛撫を待ち望む…そんなことは考えたくはなかった。だが、あの手に弄ってもらえたら、胸も同時に責められ、茎を扱いて揉まれ、達かされたら、…それればかりを、考えてしまう。

焦らされ、放って置かれた身体は、快楽の渦に飲み込まれ、男の愛撫しか、考えられなくなっていく。

自分を最高の快楽に貶めてくれる相手…それを、顔を上げてミヒャエルは探した。すぐに男の顔は見つけられる。涼しげな顔で、部下と話している。憎々しいのに貫禄があり、男らしい雰囲気は野性的で、獰猛な獣を思わせる。すべてが肉感的で、官能的な魅力があるのは、悔しいが事実だ。彼の存在自体が、淫心を掻き立てる。そんな男性がいることを、ミヒャエルは初めて知った。あの口唇が荒々しく重なっていた……。

「あ…」

彼を見つめながらまるで、誘うような嬌声が零れた。弄って欲しくてたまらない、などと、断じて認めたくはない。

自分の淫靡な格好も認めたくはないが、どのような格好を取らされているか自覚をすれば、羞恥すら快感になって身体中に流れ込む。布ともいえない残骸は既に、上半身から取り去られている。下肢は大切な部分を覆う程度に残されているものの、中央にはそれと分かる沁みが浮かんでいる。乳首はぷっくりと尖り、熟れた石榴《ざくろ》のように淫靡に光っている。鎖に繋がれ吐息を零しながら、勃起させているのだ。

先ほどはこの身体に指を穿《うが》たれ、悶えていた……。ロアルドの与えてくれるすべての感覚に夢中になり、下肢を濡らしていたのだ。

今まで戦っていた敵の、しかも見下げていた兵士の前で、ミヒャエルは精を放った。射精を強要される、それはどれほどの屈辱であったことだろうか。

そして兵士たちは淫心のこもった瞳で、ミヒャエルのいやらしい姿を見つめていた。あのような目で見られることが、ミヒャエルのプライドをずたずたにした。

許せない。そう思っているのに、薬の効き目は確かだ。膝を揺らせば、わずかな刺激が陰茎に走る。もどかしくても、それ以上の刺激は、今の自分には施すことができないのだ。

(ん、い、いい…っ)

瞳が、潤む。瞳と、そして大切な部分を濡らしながら、男を見つめてしまう……。

見つめている気配に気付いたのか、ロアルドがやっとミヒャエルを振り向いた。

だが、すぐに席を立とうとはしなかった。

「それで、ライフェンシュタインとの国境の地形は？」

「調べております。他にも、配置につきましても、戦略を…」

視線をミヒャエルに置いたまま、ロアルドは部下と会話を続ける。部下はミヒャエルの痴態をちらちらと盗み見しながら、頬を紅く染めている。ロアルドだけが平然と、部下に質問を続けている。

ロアルドが、見ている。

机の上に置かれた、彼の男らしい長い指を見た。あれが先ほどまで自分の胸の尖りを弄り、陰茎を揉みしだいていた…。

（あ…っ！）

記憶だけで放出寸前まで、ミヒャエルのものは昂ぶってしまう。信じられない部分に指は突き立てられたが、ミヒャエルは内壁のある部分を抉るように掻き回された時、耐え切れず射精したのだ。アルコールを吸った媚肉は収縮を繰り返し、酷く敏感になっているようだ。彼の指の感触を求め、ヒクついている。

（あんな場所を、ヒクつかせているなんて…）

男を見つめながら、後孔を収縮させている。しかも恐ろしいのは、前だけでなく、指で先ほど男根を前後させるように抜き差しされた場所…秘穴まで、疼くことだ。あんな場所が感じるなんて、考えられなかったことだ。だが、もう一度、あそこを指で抉ってもらえたら……そんなふうに思ってしまえば、期待に咽喉が鳴った。

「…ぁ…ぅ、く…っ」

嬌声を零し、ロアルドが見ていることに気付き、口唇を噛み締める。胸の突起を勃たせ、後ろの孔をヒクつかせている自分の身体を、ロアルドが見ている。強烈な羞恥と屈辱に、目の前が真っ赤に染まっていく。それなのに身体は感じて……。視線が突き刺さる肌が、びりびりと痺れる。ロアルドが視線を、ミヒャエルの胸元に据えた。

（あっ！）

本当に、びり…っと電流のような刺激が、胸に走ったのだ。それは下肢に流れ込んでいき……。ロアルドはミヒャエルの反応を分かったかのように、流れ込む刺激を追って、視線を下に下げていく。布に隠された膨らみの上で、視線が止まった。

「あぁ……」

ミヒャエルは官能に喘いだ。見られているだけで、強烈な快楽が、陰茎に灯《とも》る。こんなことは初めてだった。鋭敏になりすぎた身体と、そしていやらしい反応を見られているという羞恥、それが快楽の火花になって、ミヒャエルの芯を燃やす。

(私の身体は、見られているだけだというのに)

感じている。いやらし過ぎる趣向だが、ミヒャエルはそれでも悦楽に身を委ねる。

卑猥な視線が、ミヒャエルの身体の上を這い、舐め回す。

(い、い、も、っと…っ)

本当に、見られているだけで達ってしまいそうだった。最初は恥ずかしくて、屈辱に侵される身体を、見て欲しくはなかった。なのに今は、もっと見て欲しい、そんなふうに思い始めている。じゅわ…と新たな蜜が、溢れ出すのが分かった。ぐちょぐちょにそこを濡らしながら、男の愛撫を待ち望んでいる…。

「報告はそれだけだな」

「はい、以上です」

話は、終わったのだろうか。ロアルドが席を立つ。あれほど嫌悪していた男、彼をすがるように見つめたことなど、認めたくはない。

(これで、いい……)

このまま打ち捨てられ、淫靡な官能に焼き尽くされたまま、悶え苦しんでもいい。放っておくならそれでもいい。あの男に助けなど、絶対に求めるものか。

さっさと、出て行け。そう思っていると。

「席を外せ」

「は…っ、陛下」

「先に戻っていろ」

「あの、護衛は？」

「必要ない。たとえ平常時であっても、俺を倒すものがどこにいる」

「…かしこまりました」

ロアルドの身体に付いた戦いの傷…、ロアルドには今の言葉を裏づける自信があるのだろう。経験が、彼の自信を作った。

ロアルドの命令を、意図を掴めず、ぼんやりとミヒャエルは見ていた。部下たちが牢を出て行く。後に残ったのは、皇帝であるロアルドと、ミヒャエルだけだ。

静まり返った場所に、ロアルドがミヒャエルに近づいてくる足音が響いた。

「…私を、殺すのか？」

静かに、ミヒャエルは訊いた。

あれほどの無礼を向けたのだ。殺されても当然だ。その時を待つつもりだった。

ロアルドがすらりと、腰に下げていた刀剣を抜いた。

ミヒャエルは目を閉じる。やはり、殺すつもりなのだ。

ロアルドはミヒャエルを鎖に繋いだまま、ぎりぎりの鎖の緩みを利用して、壁に彼を向けさせる。

正面からではなく、背後から剣を突きたてるのだろうか。

だが、予想した衝撃は訪れず、代わりにロアルドはミヒャエルの身体に残った布を、引き裂いた。

はらりと布が床に落ちる。これで、ミヒャエルは全裸だ。

（…っ）

まだ、今以上の恥辱に貶めるつもりなのだろうか。戦う男にとって、その戦闘服を取り去られるのは屈辱だ。白い裸体が、暗い場所に浮かび上がる。裸に剝《む》かれ、恥ずかしい格好を今まで自分を嬲っていた男の眼前に晒す。

引き締まった肉体、それはロアルドほど筋肉のついたものではないが、バランスはよく、すらりとした印象を与える。双丘からは長い脚が伸び、足首はきゅっと引き締まり、スタイルの良さを際立たせている。

衣服を一切乱していない男の前で、ミヒャエルだけが全裸を晒す。後ろを向かされているのが幸いだが、ミヒャエルは股間を勃たせているのだ。正面を向かされれば、浅ましく前を勃起させた自分の姿を見られてしまうだろう。隠すものを取り去られてしまった今では。

「背後から、私を刺すのか？」

正面から受けた傷ならば、敵に立ち向かったと思われるだろう。だが、背後から受けた傷は、敵に背を向けて逃げ出したことを意味する。最高の不名誉を自分に与えるやり方で、彼は殺すのだろうか。

「…殺しはしない」

「え…？」

意外な言葉を聞いたような気がする。

「なぜ…っ!?」

ミヒャエルは驚く。背後に首をねじり上げ、彼の意図を探ろうとするが、それは敵わない。ロアルドはミヒャエルの背に、己の身体を重ねた。

熱い、そして逞しい身体だ。

（え…っ）

下肢にあるものの熱を感じたとき、ミヒャエルは激しく動揺した。あろうことか双丘の狭間に、それは押し当てられていた。肉棒が硬くなって、ミヒャエルの双丘に押し付けられている。はっきりとしたロアルドの欲情を、知らせていた。

「な…っ」

ミヒャエルは激しく身じろいだ。

（まさか…）

先ほど、ミヒャエルの狭い筒を抉った指先、その、剛棒を抜き差しされるような感覚を、ミヒャエルは覚えている。本物の男根で、擦り上げようとするのだろうか？

双丘の狭間にぴったりと押し付けられたものは、ロアルドの雄々しい外見のまま、大きく逞しかった。脈動までがどくどくと肌を伝わってくる。男の勃起を押し当てられ、ミヒャエルは衝撃を受ける。だがその熱さに、恥ずかしいことにミヒャエルの秘孔は、ひくりと蠢いたのだ。

背後で低く、ロアルドが笑ったような気がした。

「感じているのか？　男にここを押し当てられただけで」

普通ならばこんなふうに、男同士で身体を密着して、感じるなんてことはない。だが、背後に押し当てられた熱が、淫靡な予兆を先端に刻む。

「あ、…」

「まだ、お前には生かす価値がある」

生かす価値、それが。…ロアルドが前を寛《くつろ》げる気配があった。

「これ以上濡らさなくても、簡単に入りそうだ」

入れる…。背に当たっていた凶器は、信じられないほどに硬く熱く、大きかった。

（それを、入れるというのか…っ）

陵辱される。その言葉が浮かんだ。戦争で捕えられた捕虜、特に女性は屈辱を受けることもあるだろう。まさか男性である自分が、そのような屈辱を受けるとは、思わなかった。

「殺せ！　このような辱めを受けるくらいなら」

ミヒャエルは叫んだ。その間も、滑った感触が双丘の狭間に当たる。先端が、蕾に当たった。ぐり…っと菊口を突かれ、ミヒャエルの身体の芯に、激しい官能が灯った。

(ひ…っ、痺れる…)

ぐりぐりとロアルドが入り口を突き回す。一息に貫かず、執拗に入り口を責め立てられ、腰全体が激しく痺れた。ミヒャエルの入り口は時折大きく口を開き、ロアルドの先端を呑み込む。だが、ロアルドはすぐに引き抜き、すべてを埋め込もうとはしない。そのうちに柔らかく入り口が解れていく。粘膜がじわりと疼いた。粘膜を直接剛棒に突かれる責めに、じん…と腰が甘く痺れ、感じて…たまらない。

「やめ、ひ…っ」

ミヒャエルはしなやかな背を仰け反らす。それを背後から抱きとめられる。広く頼もしい胸に抱きとめられ、彼の腕の中から、ミヒャエルは逃げ出すことができない。むず痒い入り口が、甘く強く痺れている。剛直を入れられても、抵抗できないかもしれない。

「これでお前を、死ぬほど感じさせてやる」

本当に、ロアルドのものならば、感じてしまいそうだった。

(だめだ…っ)

ミヒャエルは暴れた。

「殺せ…っ！」

身体を重ねているというのに、物騒な言葉しか、お互いからは洩れない。身体をぴったりと熱く重ね合わせながら、その間には寒々しい空気が流れる。

「生かすも殺すも、それにお前の意志は必要ない。俺が決めることだ」

ロアルドがとうとう、ミヒャエルの腰を支えた。しっかりと固定し、動けなくしておいてから、腰を突き入れた。みりみり…っと肉が引き裂かれる音がしたような気がした。

「奥まで、入れてやる」

（本当に、あれが…）

あんなものを、入れられてしまうのだろうか。

「ひ…っ！」

凶暴な勢いで、突き立てられた。ずっぽりと、剛棒が奥まで突き刺さっていく。入り口が大きく広がり、濡れた肉裂を、怒張が掻き分ける。灼熱の棒を、打ち込まれたみたいだった。内壁が火傷させられるようだ。そして恥ずかしいのは、痛みを感じるよりずっと、疼きを掻き回されることで気持ちよく感じてしまうということだ。

「やめろ…っ！」

男に、力で征服される。それも、恐れていた最低の方法で。恥辱を味わわされ、肉孔を差し出し、彼に屈服するのだ。どんな男であっても、急所を奪われれば、抵抗できない。

征服者は、捕虜に声を上げさせ恥辱に貶めながら、自らは傷つくこともなく、快楽すら味わう。

「く…っ」

苦痛を味わうというのなら、陵辱の快楽という名の苦痛ほど酷いものはない。押し返そうとしても、柔らかい肉壁は、鋼鉄のような棒に征服されていく。

「あ…っ！」

「暴れるな。余計に傷つくだけだ」

そう言って、ロアルドは腰を進めた。彼の腰骨が当たる。ゆっくりと馴染ませるように、ロアルドは腰を回した。

「あ——…っ」

ぞくんぞくんと、ミヒャエルは身体を震わせた。痛みよりも、圧迫感のほうが強かった。それに、アルコールに狂わされていた粘膜は疼き、擦り上げられる快楽を待ち望んでいた。やっと与えられる強い刺激に、ミヒャエルは身悶えた。

（あんなのが、本当に入っているのか…？）

大き過ぎる雄であっても、ミヒャエルの筒は柔軟に受け入れてみせた。

（熱い、…）

ロアルドのものは熱かった。敏感な粘膜を通して、脈動がどくどくと伝わってくる。孔

を肉茎で埋められれば、一層背後に立つ男との密着度が強まる。

これ以上ないくらい一つになる…。

「狭い、な」

「あッ、あッ、あッ…」

ロアルドが楔《くさび》をミヒャエルの孔にずっぽりと打ち込んだまま、上下に動かした。小刻みな動きに、断続的な悲鳴が上がる。ロアルドが動くたびに自らの身体も動くことが、ミヒャエルに、認めたくなくとも嫌でも彼と繋がっているということを自覚させた。

(入って、る…)

「あ…っ!」

ロアルドが動くたびに、無理やり声を上げさせられる。打ち込まれた杭を、ロアルドは掻き回すように蠢かす。そうされると、ただ圧迫感しか感じていなかった場所が、次第に柔らかく解れ、淫靡な感覚を生み出すのだ。挿入の衝撃に、一度は萎えかけたものが、再び勃ち上がっていく。後ろに打ち込まれ、ミヒャエルは激しく感じていた。生々しい男の勃起を、粘膜で脈動まで感じながら、快楽に喘ぐ。打ち込まれた腰が、快楽の深さに痺れたようになる。

「無理やり犯された男に感じて…それがお前の本性なんだな」

男は、ロアルドが初めてだ。だが、ミヒャエルは杭を打ち込まれ、感じている。

ミヒャエルがゆるりと腰を揺らめかせると、ロアルドは反応を見下ろし、腰の動きを激しいものに変えた。途端に、温水に浸かっていたような快楽が、電流を流したような激しさに変わる。

「あ、あ！」

（なんだ、これは…）

初めてだというのに、最奥を男のものに抉られた途端、ミヒャエルの身体を、恐ろしいほどの快楽が襲った。ずぶずぶと肉塊が埋め込まれていく。それは上下しながら、激しく中を行き来する。粘膜を擦り上げられれば、知らなかった愉悦に身体が侵される。込み上げる快楽の深さに、ミヒャエルは心底動揺した。

「よく、締まる。やはり殺すのはもったいない」

嘲笑う声が、耳を掠める。殺せ、そう思うほど、ミヒャエルの心を見透かしたように、ロアルドはミヒャエルの両脚を大きく広げてしまう。そして、狭間への打ち込みを激しくするのだ。双丘を押さえ、大きく孔を広げるようにして、剛直を打ち込む。肉のぶつかり合う音が、ミヒャエルの耳を突き刺す。ずるずると出し入れされる摩擦に、狂ったように媚肉は疼いている。

（私は、どうして…）

「は、あああ…っ」

鼻にかかった甘い声、それが自分のものであることが、信じられない。一番最低の屈辱を味わわされているというのに、紛《まぎ》れもなく自分は感じているのだ。その身体を厭《いと》わしく思っても、ロアルドの与える快楽は凄まじい。

奥を何度も突かれると、頭が痺れて、目の前が真っ白になるほどの快楽が襲う。

自分がどうなってしまうのか、恐ろしい。ロアルドは粘膜を抉り、ミヒャエルにひたすら快楽を与えようとする。どうせなら、自分だけが快楽を果たすように、ミヒャエルを扱えばいい。なのに、ロアルドはミヒャエルが屈辱にまみれ、官能に心を明け渡す様を楽しむのを、選んだらしい。ミヒャエルを散々感じさせるように、激しく腰を突き入れた。容赦ない突き上げに、ミヒャエルは全身を快楽に震わせた。

「そんなに、突かないで、くれ…っ」

屈辱を与える手段として、この方法をロアルドは選んだのだ。だが激しく求められていると錯覚しそうなほど、貪欲にロアルドは自分を突き上げる。肉棒の蹂躙に、快楽の渦に送り込まれ、官能の波に叩き込まれる。

「もっと突いて欲しいくせに。どこを、突いて欲しいんだ?」

「あ。あ、ああああっ」

高い嬌声が洩れた。咽喉を仰け反らせ、剛直の責めに耐える。肉襞をずんずんと突き上げられ、身体の芯に生じるのは、まごうことなき激しい快楽だ。快楽を感じなければ言い訳もたつのに、感じてしまっては余計な屈辱を味わわされる。

そしてそのいやらしい身体を、ロアルドは責め立てるのだ。

「あ、あ…」

どれほど、身体を揺さぶられ続けていただろうか。自分の嬌声が、酷く弱々しいものに変化していることにミヒャエルは気付く。ロアルドの強靭さは恐ろしいほどだった。楔を埋め込んだまま、激しくミヒャエルの中で腰を動かし続ける。その拷問の時は、終わることがない。媚肉はとっくに熟れ、充血し、いっそうの快楽でミヒャエルを蝕《むしば》んだ。

「いいんだろう？　ここもとっくに解れて、俺を締め付けてくる」

突きまくられたせいで、ミヒャエルの中は柔らかく解れていた。ロアルドの形になり、剛直を締め付けている。突き入れられているものを受け止めているだけではなく、彼を締め付ければもっと激しい快感が、生まれるのを知った。

（い、いい…っ）

ミヒャエルは腰を振った。背後にずっぽりと杭を打ち込まれ、それに感じるなど知らなかった。だが、陵辱の時間を続けられているうちに、身体が確実に変化していくのが分かる。肌の上に汗が浮かんでいる。いつのまにかはだけたロアルドの胸にも、しっとりと汗が浮かんでいた。背が密着する。下からは愛液を零し、汗の浮かんだ身体をひたすら重ね、腰を蠢かせる……。

「あ、あ、ん…っ」

恥ずかしい、男とは思えない甘ったるい声が洩れた。

ミヒャエルの下肢には、勃起しきった男根が埋め込まれているのだ。それをずぼずぼと抜き差しされ、ミヒャエルは声を上げている。身体中が、濡れている。いやらしい自分の痴態に、眩暈がした。けれど、ロアルドの抱き方は強烈だった。感じ過ぎて、たまらない。淫猥で壮絶な官能の淵に、叩き込まれ、ミヒャエルはただ喘いだ。

身体を揺すぶられ続け、永遠とも思える快楽という名の拷問が続く。ロアルドの逞しい腰の責め苦は、途切れることがない。

時間を忘れ、ただ中に入っている彼のもののことしか、考えられなくさせられていく。

背後への打ち込みの官能だけで、ミヒャエルは激しい射精感を募らせた。

「お前の中は気持ちいい。お前がこれほど淫らな性質《たち》だったとは、俺も知らなかった」

ロアルドがミヒャエルの耳を嚙む。じん…とその刺激すら、下肢へと伝わり射精感に変わった。限界が近づいている。ロアルドは存分にミヒャエルの筒の中の感触を楽しんだ後、やっと、自分が吐精するための動きに変えた。ミヒャエルを利用し、中を突き上げる。

「ああ…」

激しさに、声が掠れる。上げ続けさせられたせいで、咽喉が甘く痛む。強く一度突き上げられた時、ミヒャエルはとうとう禁忌を迸らせていた。

「あ…」

　黒ずんだ石の壁に、白濁が卑猥に映る。壁を伝い、たっぷりと下に落ちていく…。淫ら過ぎる光景を、ぼんやりと霞む視界の中、ミヒャエルは見つめた。ミヒャエルが達した後、激しく腰を蠢かし、ロアルドもミヒャエルの中に放った。

「あ、あ…」

　熱い飛沫《しぶき》が撒《ま》き散《ち》らされる。注がれる精液の熱さに、ミヒャエルは甘く泣いた。男に精を放たれ、打ち付けられる感触、…ぞくりとミヒャエルは身体を震わせた。それは恐れよりも激しい、快楽だった。

「これからお前は、…俺をこうして悦ばせることだけ、考えろ」

　霞む意識の隅で、ロアルドがさらに自分を貶める言葉を、告げたのを聞いたような気がした。


「ん……」

　かちゃかちゃと、鉄が擦り合う音がする。耳障りな金属音に、ミヒャエルの意識がゆっくりと覚醒していく。身体が、浮遊感とともに床に下ろされるのが分かった。

冷たい床の感触が、太腿に当たる。座り込み、背後の壁にもたれる。床についた掌を無意識のうちに動かそうとして…それが自由であることに気付いた。ぼんやりとしたまま手首をさすろうとして、感覚がないことを知る。

様子を窺うように近づく顔…吐息が混ざり合うほどに近いそれは、頼もしい美丈夫だ。覚醒したばかりの不鮮明な意識の中、彼の顔を見つめ返す。

それが再び、ミヒャエルを腕の中に閉じ込めようとする仕草…筋肉のついた太い腕が自分に回されそうになって…淫靡な記憶が蘇《よみがえ》る。彼の腕を見れば、その指に穿たれた快楽を、思い出してしまう。身体は彼の剛直の頼もしさを、覚え取ってしまった。

「離れろ…っ！」

ミヒャエルは普段の冷静さが嘘のように、激しい声を出す。手首の鎖は解かれたのだ。たとえ感覚がなくても、彼の身体を打ち払おうと試みる。立ち上がろうとして、足首が引き戻される。

「う…ぅ」

依然、脚の鎖は解かれていなかったらしい。そして、まだ自分が全裸のままだということを知る。

「気付いたみたいだな」

目の前に、自分を征服した男がいる。立ち上がろうとしたとき、背後を滑った感触が伝わるのが分かった。ひやりとしたものの正体、それは知りたくもない。だが、身じろげば肉が擦れ、ぐちゅり…と淫猥な音が体内から響いた。

（あ…。こんなに濡れて…）

瞬時に頬が染まる。どうやらあの男にたっぷりと注ぎ込まれたらしい。女のように後ろの口を濡らし、悶えたのだとは思いたくはなかった。

ふるりと身体が震えた。

「楽しかったぞ、お前の身体は……」

侮蔑の言葉が突き刺さる。ロアルドがミヒャエルの腰を引き寄せた。片手には水がなみなみと注がれた杯がある。

「飲め。水だ。薬や酒じゃない」

「何を今さら…」

杯が口元に押し当てられる。ミヒャエルは口を閉ざすと顔を背けた。

本当は喘ぎ続けたせいで、咽喉が渇いていた。酒を摂取させられたこともあり、なみなみと注がれた水は魅力的だった。

「どうした？」

「今さら水など。このような辱めを受けて、私が生きながらえる道を選ぶと思ったのか？」

「何？」

ロアルドの腰元の剣を見る。それを奪い、自分の首に突きたててしまいたかった。だが、彼は剣を奪われるような、不様な真似はしないだろう。それに、今の自分では敵わない。

剣を奪い、一思いに死ねるような、優しい情けを、この男がかけることもないだろう。ならば水も飲まず、…このままここで朽ちていけばいい。

ロアルドは暫《しばら》くの間、ミヒャエルを見下ろしていた。ロアルドはミヒャエルの考えを見透かしたかのように、口を開いた。

「俺はお前の部下も捕えてある。それを忘れたのか？」

「何を…」

「彼らを殺されたいか？」

「一体…」

「お前が死にたいのならばそれでもいい。だが、それならば部下を一人ずつ…殺してやる」

（っ!!）

信じられないものを見る目つきで、ミヒャエルはロアルドを見上げた。

「やはり、お前という男は、そうらしい」

ロアルドはミヒャエルの弱点を見抜き、摑んだのだ。

自分が殺されるのはいい。だが、自分のせいで人が殺されるのは…。

く…っとミヒャエルは口唇を嚙む。

「お前が生き延びて、俺に命乞いをしている間は、部下を殺すのを待ってやろう」

ただ一度、最低の恥辱に貶めただけでは飽き足らず、それ以上の屈辱を強要するとは
……！

燃えるような瞳で、ミヒャエルはロアルドを見つめた。だが、こたえないとばかりに、ロアルドはミヒャエルを見つめ返す。睨み合う、…彼らの眼光の鋭さと激しさに、目の前の人間だけが屈しない。

「お前はどうやって彼らの命乞いをすればいい？」

命乞い。それは……。

ミヒャエルは重い身体を起こすと、裸のまま、彼の足元に跪《ひざまず》く。

覚悟は決めていた。

部下のためならば、靴を舐めろと言われても、そうするつもりだった。だが、ロアルドはミヒャエルにそうはさせなかった。顎を掴み取られる。

「お前が満足させれば、一人ずつ解放してやろう」

最低な、取引きだった。

「な…っ」

「初めてで俺を充分満足させたぞ、お前の身体は」

生々しい淫靡な取引きを告げられる。

「だがこうして鎖に繋いでいては、思うように楽しむこともできない。従順にお前は身体を開いて、俺を楽しませるんだ」

従順に身体を開いて——。

この男を楽しませるために、身体を差し出す。

「誰が…っ！」

「そんなことを言っていいのか？」

自信に溢れた瞳が、ミヒャエルを見下ろす。ミヒャエルも男として、自分に自信を持っていた。だが、自分以上に格好よく、頼もしく逞しい男に、組み伏せられる。

「国を存続させたいのなら、民を、兵を守りたいのなら、お前が命乞いをしろ。その……身体で」

にやり、とロアルドが笑った。

「戦争で囚われた捕虜の扱いはいつの時代も同じだ。戦利品として女は兵に分け与えられる。お前も俺を楽しませろ」

捕虜としての扱いに甘んじる。騎士が捕虜となり、屈辱を受け続け、その尊厳を貶められる——。

腹の底が燃えるように熱い。だが、屈辱にミヒャエルが口唇を噛むのが、目の前の男は面白いのだろう。ならば。

（そうはさせるものか）

「それが民の平和、兵の安全につながるのなら、やむをえまい。好きにするがいい」

ミヒャエルは言い放つ。

「ずい分好色な王だ。最低だな」

挑発するように、笑った。ふ、っとロアルドを馬鹿にして笑ってみせる。

「お前が俺を楽しませている間は、国は安泰だ。よく覚えておけ。お前が俺をココで楽しませられれば、兵は助けてやろう」

ロアルドはミヒャエルの笑いを易々といなすと、背後に指を滑らせる。指を突っ込まれれば、ぐちゅりと音がした。精液を注がれた証だ。ロアルドに、征服された……。

そして、指を突きいれられたまま、契約の口づけが、与えられた。

目の前でミヒャエルの部下が跪き、皇帝であるロアルドに向かって頭《こうべ》を垂れている。

皇帝への謁見《えっけん》の間で、ミヒャエルは部下と対峙《たいじ》する。ロアルドは大広間の中央の玉座に、堂々と座っていた。玉座は部下のいる場所より、数段高い場所にある。ミヒャエルの部下を、ロアルドは優勢さを滲ませ、見下ろしている。

公務があると言っていたとおり今日は、ロアルドは正装していた。初めて会った時の服装、戦う男として戦士の姿で地下牢にやってきたときと、今のロアルドの雰囲気はまるで違う。頼もしい力強さを感じるのは同じだが、洗練された雰囲気がある。服を脱げば、鍛え抜かれた裸体が現れるのを、既にミヒャエルは知っている。それがどんなふうに熱くなり、自分の身体を組み敷くのかも。

ロアルドは今は、王としての貫禄に満ち溢れていた。

見下げられながら、自分の部下が膝を折り、頭を下げる様を、ミヒャエルは苦々しい思いで見つめた。

咽喉元に込み上げる苦味……それとともに、下肢の狭間から込み上げる苦しさを、ミヒャエルは吐息に変わる寸前で呑み込む。その苦しさは、酷く…淫らで甘い。

(…ぁ……)

「自国へ戻ることを許そう」

ミヒャエルは、玉座に堂々と腰掛けたロアルドの近くに、やや控えた位置に立ち従えさせられている。

平静そのままの様子で、部下と会話を続けるロアルドの近くで、ミヒャエルははしたない声を上げてしまいそうになった。

ロアルドに負けないよう、ミヒャエルも凛とした姿で彼の横に立つ。いつもと変わらぬ上役の敢然とした勇壮な姿を、尊敬のこもった瞳で、部下が見つめる。だがそれは、虚勢に過ぎないことを、横の男だけが知っている。

本当は、捕虜を解放するこの場に、ミヒャエルを連れ出さずともよかったはずだ。けれどロアルドは、ミヒャエルをこの場に強引に連れ出した。

しかも、ある手法を使って。それは、狂おしいほどの懊悩《おうのう》に、ミヒャエルの身体を貶めている。

（あんな…場所に…）

思い出せば、ミヒャエルの身体は熱くなる。部下との間にはまだ距離があるから彼は気付かないだろうが、真っ直ぐに背を伸ばした凜とした姿のミヒャエルの頬が、うっすらと紅くなっていることに、もっと近づけば気付いてしまうだろう。

そして、ミヒャエルが薔薇の香りを漂わせていることも。鬱陶《うっとう》しくなるほどの、甘い芳香…それは、ミヒャエルの下肢から漂っている。

ロアルドの残酷な仕打ちを、うらめしく思っても、今それを部下にさとらせるわけにはいかない。

（あんなものが…入っている、なんて…）

初めて男根を打ち込まれた身体、自分の肉唇があれほどに太く大きなものを飲み込めることに、ミヒャエルは驚く。全身が、ロアルドによって孔を開けられた淫らな生き物になってしまったかのようだった。ミヒャエルの口は大きく男に向かって開き、中は筒のように雄々しい男根を包み込み、甘く身体を震わせながら花芯を締め付けて、男根の絶頂を促したのだ。

男の勃起しきったものによって自分の肉唇が綻《ほころ》び、受け入れるために従順に開くことすら、信じられなかったのに。引き抜かれた後、空洞になった筒に、ロアルドはある処置を施した。

膝に力を入れて立っていれば、下肢に力がこもる。

（あぁ……）

下肢の狭間のあるものを締め付けてしまい、ミヒャエルは全身を甘く震わせた。蕩けきった媚肉を、あるものに施された疣《こぶ》がごりごりと擦り上げる。力がこもるほどに、淫靡な刺激を敏感な襞に与え、ミヒャエルを快楽に狂わせた。

立ったまま身体を支えようとするほどに、膝に力がこもり、一層淫蕩な淫楽にミヒャエルを突き落とす。けれど、部下の前で倒れるような不様な醜態を晒すわけにもいかず、ミヒャエルは意志とプライドだけで、已の身体を支え続ける。

「祖国へ戻る許可を頂き…ありがとうございます」

謝辞を述べながらも部下はなぜ、自分が一人解放されることになったのか、分からないといった様子だ。彼の実直そうな表情には、解放されることの喜びよりも、困惑と不安が浮かんでいる。

部下が、ロアルドの横にいるミヒャエルの意図を窺うかのように、おずおずと心配そうに見上げた。彼の上役はまだ、ミヒャエルだ。ロアルドではない。ミヒャエルが何も言わないので、ロアルドの命令にミヒャエルも同意していると思ったのだろう。

ただ解放されると見せかけて帰国途中に殺されるか…、そんな策ではと不安になる。だが、ミヒャエルもこの命令を知っている、それならば安全だろう、彼はそう思ったようだ。

ミヒャエルを、信頼しているのだ。

彼の信頼が、胸に痛い。

信頼の影で、自分がロアルドとした取引き、それがミヒャエルの下肢を淫楽に突き落とす。

(絶対に、言えるものか…)

ミヒャエルは硬く口唇を噛み締める。

部下を見つめ、彼の向ける信頼に胸を疼かせているミヒャエルの様子を、分かっていてロアルドは冷淡なほどに無視している。

「他の兵士の扱いも、彼らの尊厳を傷つけるものではなかったはずだ。それを祖国に伝えるがいい」

「は…っ」

ロアルドの言葉に、部下は頷く。部下の姿は、土砂崩れに巻き込まれた時の泥だらけの姿ではなく、身支度は整えられていた。ミヒャエルが聞いたとおり、部下たちには替えの衣服が与えられ、食事と水もきちんと与えられているらしい。

部下の食事と水、…命の代わりに、ミヒャエルはロアルドとの取引きを呑んだ。

今日も、この謁見に臨《のぞ》む前に、ロアルドがミヒャエルに施した処置、それを思い出すたび、屈辱に目の前が真っ赤に染まる。それは……。


王の褥《しとね》…それが、昨晩、地下牢から連れ出された後、ミヒャエルが過ごした場所だった。抵抗できないよう、ミヒャエルの足首から伸びた鎖は、床に固定されたベッドの脚に繋がれている。冷たい石畳の上で一晩を明かすのでもよかった。だが、ロアルドの虜囚《りょしゅう》になる契約を結ぶと、その立場を存分に楽しもうと、ロアルドは決めたらしい。

鎖に繋いだまま、昨夜、一晩中じっくりと、ロアルドはミヒャエルの身体を愉しんだ。立ったままでは動きづらいと言ったのを証明するかのように、ベッドの上でロアルドは、ミヒャエルに様々な体位を取らせた。

地下牢で、ロアルドの拷問は終わったわけではなかったのだ。

執拗にミヒャエルを責め抜いた。

騎士である尊厳を粉々に打ち崩されるような、恥ずかしい姿勢を取らされ、ミヒャエルは執拗でねっとりした愛撫に悶え、下肢を打ち震わせた。何度も彼の掌に射精した。たっぷりと濡れた指を、さらにロアルドはミヒャエルの尻孔に埋め込んだ。自ら放ったもので潤いを施され、剛棒を打ち込まれる……。

――あれほどの辱めを受けるのなら、いっそ殺して欲しいと、何度思ったことか。

責め苦が終わった後も、全裸のまま、ミヒャエルはベッドに繋がれた。有能な騎士であるミヒャエルは、武術でもその名を馳せた男だ。幾ら恥辱を受けようとも、敵同士という立場である以上、いつミヒャエルが牙を剝くか分からない。同じように戦う男として優秀な男であるロアルドは、完全に油断することはなかった。武器も何もかもミヒャエルから奪い去り、ミヒャエルの秘唇に勃起を含ませ、ミヒャエルの身体を征服した。悔しいのは、意志とは裏腹にミヒャエルの媚肉は彼の形を完全に覚え、甘い悦楽に彼の肉棒を頰張ったことだ。

騎士として敵の前で、大きく両脚を開いた無防備な姿を晒すことを強要され、あまつさえ最奥の大切な部分を男根にいやらしげに抉ってもらう……。

しかも快楽に身体を打ち震わせながら、甘い吐息を散々上げ、嬌声を男に聞かせてしまった。

騎士として最高の恥辱を、ロアルドはミヒャエルに与えたのだ。殺すこともせず、暴力で嬲ることもせず、妾の一人のようにミヒャエルを扱った。夜毎彼の愛撫の手を、大人しく後宮で待つ、女のように。

ロアルドの巧みさに、ミヒャエルの身体は一晩で、男に抱かれる快楽の味を無理やり覚えさせられた。その味はたとえいつか、ロアルドから解放されたとしても、忘れられないほどにしっかりと、ミヒャエルの身体に刻み付けられた。

朝になって……。

「これをお前に与えよう」

「何を…」

その言葉とともに、ミヒャエルは繊細で美しくありながら強靭な銀の鎖を、首に巻きつけられる。首輪のようなデザインだった。いや、本当にそれは、人間としての尊厳を奪う首輪だった。首元で絶対に取れないよう、小さく固い鍵を付けられた。がち…っと鍵の閉まる音が、冷たく胸に響く。

薄い板金のような鍵には所有者の名前が彫られていた。この時代ならではの、奴隷に対する扱いだ。

奴隷が逃げ出したとしても、彫られた名前が、所有者を知らせる。見つかれば所有者の元に、強引に連れ戻される。もちろん、ミヒャエルは抵抗した。だが、一晩中貫かれ続けた身体は甘だるく、征服した男の力には敵わない。男を呑み込まされ擦り上げられなければ、易々と彼の意のままにはならないものを。

「う…っ！」

暴れる身体を白いシーツの上に押さえつけられる。暴れたせいで、ミヒャエルの息は軽く上がっていた。ロアルドはミヒャエルの抵抗を受けても、息一つ乱してはいない。

「こんなものを付けずとも、逃げ出しはしない」

そう告げたが、ロアルドは許さなかった。

「お前が、どんな立場なのか、分からせるいい方法だろう」

彼の囚奴《しゅうど》になる印だ。

冷たく残酷な言葉が、ミヒャエルの胸を抉る。

全裸に彼の名を刻んだプレートのついた首輪だけを付けた姿……。満足そうに彼の奴隷の印を付けたミヒャエルを、ロアルドは見つめた。白い肌、そこには、一晩であますところなく、男に吸われた跡が散っている。ねっとりと、男の情欲に染まった瞳が、値踏みするように男に抱かれた身体の上を這う…。

淫靡な気配が再びミヒャエルを包み込み、ミヒャエルはぞくりと背を戦慄かせた。

柔らかいシーツの感触が頬に当たる。背後からロアルドがミヒャエルを抑え付ける。

（くっ…せめて……）

負けたままでいられるものか。これは契約なのだ。どうせ取引きというのならば。

ミヒャエルはうつ伏せに抑え付けられたまま、首をねじり上げ、彼をきつく睨み付けた。

「私がこの立場を呑んだのは、国と、部下を助けるためだ。その約束を、王自ら反故《ほご》にはしないだろうな？」

「何？」

「それとも、約束を反故にするほど、貴様は下衆《げす》な人間か？」

挑発するように口角を上げながら、ミヒャエルは告げる。

「お前が私を嬲るのは構わない。だがそれは、私が部下を解放するためという取引きを呑んだからだ。もし約束を守らなければ、そう、お前の部下たちに叫んでやる。お前がどれほど下衆な人間か、知られてもかまわないのならそれでもいいが、な。く…っ」

ミヒャエルを押さえ付ける、ロアルドの腕に力がこもる。

（…殺されるかもしれないな）

今度こそ、ミヒャエルはそう思った。

「殺したいなら殺せばいい」

その方が、どれほどいいだろうか。殺されてもかまわない、本当にミヒャエルはそう思っていた。

だが、ロアルドはゆっくりとミヒャエルから身体を離していく。

「わかった」

（……？）

ロアルドの意図が分からず、ミヒャエルは彼の姿をそっと横目で追った。彼は寝室の隅のテーブルに向かった。引き出しを開けると、小瓶と…四角い箱を取り出す。それらを持ち、ミヒャエルの元に戻ってくる。

「何だ、それは…」

ミヒャエルの問いには答えず、ロアルドは言った。

「部下に会いたいか？」

「もちろんだ。彼らは、策略を見抜けなかった私の巻き添えを食っただけだ。彼らに何の責任もない」

「約束どおり、…解放してやろう」

（…っ！　何だと？）

本当に約束を守るつもりだろうか。驚きとともに、ミヒャエルは彼を見上げる。悔しいが、彼の容貌は雄々しく逞しく、獣のような力強さに満ちていた。しかも生まれながらの王としての凜々しさと尊厳が、そこには備わっている。それがミヒャエルを組み敷くときは、あれほど淫靡にいやらしくなるのかと、その差異にミヒャエルは驚かされる。

英雄ほど精力が漲るものなのかもしれない。戦いに勝ち続ける精力、それを夜も発揮されては、受け入れるほうはたまったものではない。でも、それだけの精力があるからこそ、大国ブリスデンを率いることができるのだ……。

肉厚の口唇が目に入る。それはミヒャエルを心から屈服させようと、昨夜何度もミヒャエルの口唇に重なっていた。逃げても舌を絡められ、そして内臓を食い破られるかのような力強さで、剛直を埋め込まれたままの下肢を突き上げられた。

口唇を重ねたまま、肉杭を穿たれる。これ以上ないくらい身体を密着させ、交じり合うように一つに身体を重ねても、その間にあるものは、お互いを征服、屈服させようという戦う意志だけだ。甘さなど微塵もない交わりを、夜がしらむまで続ける。

ロアルドがミヒャエルを求めるのは、ミヒャエルを屈服、服従させるためだ。そしてミヒャエルは決して、意志を明け渡さなかった。

「これから、別の公務を謁見の間で行う。そこにお前の部下を呼び、お前にも会わせよう。ただし、条件がある」

そして、ロアルドは手の中に携《たずさ》えていたものを、ミヒャエルに見せ付けた。

ロアルドは、ベッドの上でうつ伏せていたミヒャエルの身体を返し、ミヒャエルを仰向けにした。そして小瓶の口を開けた。ぱっと甘い香りが周囲に立ちこめる。

薔薇の媚薬。とろりとしたオイルを、まだ昨晩放たれた男のもので濡れそぼる口に、塗り付けられた。体位を変えられれば、しゃらり…と音がして鎖が首筋を零れ肌に流れる。ネックレスのように見えながらもそれが決してアクセサリーでないのは、薄い板金に刻み付けられた所有者の名があるからだ。

「部下を解放して欲しいんだろう？　ほら、脚を広げろ」

そう脅されれば、抵抗もできない。何をされるのかと不安に見上げれば、両脚を開いたまま膝裏に腕を差し込み、閉じないように強要された。薔薇の芳香とともに、指が中に突っ込まれる。

「あ、あ…っ…！」

途端に、ミヒャエルの身体がシーツの上で跳ねた。

「はしたない口だな。だらだらと零して。もっとちゃんと飲み込め」

ぐちゅ…っ、ぐちゅ…っと中を、男の指が掻き回す。中指と人差し指、大きく口を広げるよう、指が広げられる。そして狭間にとろりと香油が垂らされる。

「ひ、ぁ…っ」

冷たい感触に、内腿が震えた。指がくちゅくちゅと中を掻き回す度、びくんびくんと白い太腿が痙攣《けいれん》したようになる。

羞恥に頬を染めるたび、ミヒャエルのはしたない下の口はヒクヒクと収縮し、男の指を締め付ける。ロアルドの骨太の指の感触を、飲み込んだ部分はリアルに細部まで、淫猥に感じ取る。

ミヒャエルは後ろに男の指を穿たれ、次第に前を勃たせ始めた。先端にぷっくりと蜜が浮かび始める。弱い部分を指の腹で擦られると、じゅん…と熱い疼きが下肢全体に込み上げる。

（ああ、私は…）

ずっぽりと突き刺さった指のせいで、下肢が重い。男の指が突き刺さっているのだと、嫌でも自覚させられる。そして自身の肉茎は硬くなり、だらだらと愉悦の蜜を零し始めているのだ。

（こんな姿勢を取らされているのに、感じて…）

屈辱を味わわされているというのに、酷く甘い疼きに、全身を支配されている。男に穿たれる魔悦の極みを待ち望み、身体を期待に疼かせる。

「いい格好だな、騎士殿」

自分に淫らな姿勢を取らせる時、ロアルドはわざと騎士と呼んだ。

「分かるか？　今お前がどんな痴態を、男の前で晒しているのか…」

咽喉奥でくっくっとロアルドが笑う。目に入る情景に、ミヒャエルは顔を背けたかった。

今の自分はベッドに腰を下ろし、両脚を大きく広げ、大切な部分を無防備に男の眼前に晒している。しかも、その狭間の秘唇に、指を埋め込まれているのだ。

後ろの口唇は、飲み込むだけで飽き足らず、ぐちゅぐちゅと淫猥な音を立て続けている。

(恥ずか、しい…)

強烈な羞恥だった。けれど、羞恥を感じるたび、ミヒャエルの口は収縮するのだ。

傍らにはミヒャエルの反応をほくそ笑む気配がある。狭間に男の身体を挟み込まされる。勃ち上がり始めたものに、視線が注がれる。

(見られている…)

いやらしい姿を。指を飲み込まされただけで、ミヒャエルは感じ肉茎を勃起させている。

オイルは既に体温で温まり、痛痒いほどの疼きを、肉襞に与えていた。

充分にミヒャエルの口を広げた後、ロアルドが取り出したのは小瓶と一緒に持ってきた、四角い箱だった。

(ひ…っ)

中から姿を現したものに、ミヒャエルは一瞬、顔を背ける。それは太い象牙の置物のように見えた。だが、それがあるものを模した形をしているのが瞬時に分かった。

「俺は捕虜を解放するという約束を守る。だから、お前も奴隷としての立場を受け入れる約束を果たせ」

入り口にそれが押し当てられるのを、信じられないものを見る目つきで、ミヒャエルは見ていた。

(それを、私の中に入れるのか…っ?)

「豪華だろう? これほどの質の象牙は滅多に手に入らない。それを与えられることを、光栄に思うがいい」

「だれが、光栄などと…っ、あああっ…!」

ずぶりと音を立てて、男根を模した象牙が、ミヒャエルの体内に埋まっていく。象牙には、表面に卑猥な疣が、浮き彫りにされていた。疣を施した男根…それを模した性具が、淫らな唇に埋め込まれていく。まだ昨晩の、男の残滓《ざんし》を滴《したた》らせたそこは、体温に温まったオイルの力も借り淫らにほころび、易々とグロテスクなそれの侵入を許してしまう。

象牙の男根はロアルドほどの大きさはないが、充分に迫力を漲らせており、ミヒャエルの身体を強張らせた。けれど身体が強張っても、牡を一度埋め込まれたことのある蕾は柔らかく、従順だった。ずぶずぶと音を立てて性具が埋め込まれていく。

「ひ、あう、ああっ」

「目を離すな。お前の中にこれが埋まっていくところを、よく見るんだ」

それは完全に体内に姿を消した。

信じられない。

（あんな大きなものが…私の中に…）

わずかに端を持ったまま、ロアルドがぐり…っと中で性具を回した。

「ああぁっ……！」

ミヒャエルは啼《な》いた。快楽の滲《にじ》んだ、甘い淫靡な声だ。

はっとミヒャエルは口唇をつぐむ。けれど、指より数倍太いものが体内に埋め込まれる充足感…それは何ものにも替え難い。

（す、すごい…か、感じる…）

ずっぽりと埋められたものを、ミヒャエルは締め付ける。すると表面の疣が、柔らかい襞に突き刺さる。鋭敏になった場所を、疣にごりごりと擦られる快楽は壮絶だった。

「あ…っ！」

ぴしゃりと淫液がはじけ飛ぶ音がした。性具を後ろに埋め込まれただけで、ミヒャエルは白濁を迸らせたのだと知り、顔が真っ赤に染まった。

「…いやらしい身体だな、騎士殿」

ロアルドがぬちゃぬちゃと性具を抜き差しし、ミヒャエルを弄ぶ。

「ひ、ああ、あぁ、…っ、やめ、やめろ…っ」

達ったばかりの身体を、さらに中を抉られ責め立てられるのは、狂おしいほどの快楽にミヒャエルを貶める。ミヒャエルは膝を押さえ、大きく脚を開き無防備でいやらしい姿を晒すことを強要されたまま、中を男のいいように嬲られる。

（ああ、いい…）

「ああ……あ…っ」

身体は官能に溺《おぼ》れ、ミヒャエルは咽喉を仰け反らせた。

恥ずかしいのに、鋭敏になった身体は、前だけの愛撫や、指だけでは満足できない。性具は普通の男性と比べても、ロアルドほどではなくても、充分な大きさだった。普通より大き過ぎるくらいのものを埋め込まれ、ミヒャエルはほっと安堵すらしたのだ。

指で焦らされた身体は焔のように熱く熟れ、じれったい官能の疼きを収めてくれるのは、後孔に男根を埋め込まれることだけなのだ。ミヒャエルのはしたない肉茎は、達ったばかりだというのに、じゅわりと蜜を溢れさせている。

このままもう一度、後ろに性具を埋め込んだまま達きたい、…そう思ったとき、ロアルドは性具を抜き差ししていた手の動きを止めた。

「あ…」

思わず不満げな声が洩れてしまい、ミヒャエルは慌てた。ロアルドは冷静に片頬を上げながら、その様子を見下ろしている。

「…時間だ。お前も部下と会いたいだろう？　部下を解放するに当たり、お前も無事だということを、ローゼンブルグに報告させたほうが都合がいい。お前も出るんだ」

ロアルドが手を離す。そして、いつの間に用意させていたのだろうか。寝台の横の衣服を横目で見た。それはロアルドのものよりは細身に出来ていた。

「さっさと着替えろ」

尊大な口調で、ロアルドがミヒャエルに命令する。

（まさか……）

「お前もその場に立ち会った方がいいだろう。解放してやるというのに、後から嘘だと責められたくはないからな」

傲慢な命令を、ミヒャエルは身体を震わせながら聞いた。


ロアルドが、部下にミヒャエルを会わせるために提示した条件、それが、ミヒャエルの中に埋め込まれている。

軽蔑しきった目で、横の玉座に座る男を睨みつける。手を伸ばせば触れられる場所に、ロアルドがいる。足元では自分の部下が、頭を下げさせられている。

謁見の間は煌《きら》びやかで、ローゼンブルグとはその広さも豪奢さも違う。大国としての底力を、見せ付けられる。

（あ…ンッ…）

声が、洩れそうになる。身じろげば、ごり…っと中に入れられたものが、ミヒャエルの敏感な部分を刺激した。

（い、い……）

信じられない愉悦が込み上げた。それと同時に、今までに感じた事のない激しい情欲を感じた。それは…。もっと弄って突き上げて欲しい…、こんな張形《はりかた》ではなく生々しく情欲を滾《たぎ》らせた男のもので…、そういった感情だったかもしれない。

（嘘だ。私は…）

瞬時に、ミヒャエルは否定する。けれど中をずっぽりと凶器に埋め尽くされて、ミヒャエルの腰は快感に昂ぶらされている。じんじんと下肢が疼いて…たまらない。

身体をこれほどに長い間、疼かせているなど初めてだった。自分がこれほど性欲を感じるのも。陰茎は壊れたように、蜜を溢れさせたままだ。達きっぱなしになっている。

部下も、ミヒャエルの身体をよく見れば、ロアルドによって整えさせられた騎士としての衣服の下で、ミヒャエルがはしたなく下肢を勃ち上がらせているのに、気付いたかもしれない。そこは近づいて見れば分かるほどに、膨らんでいる。

もぞりとミヒャエルは膝を擦り合わせ、自分を襲う快楽の波に耐える。覆われた布で隠されているものの、じっとりと股間が濡れ始めている。きっと、布を捲《まく》り上げれば、その下の布は溢れさせたもので、じわりと卑猥な沁みを作っているに違いない。

「昨日の代価だ。一人捕虜を返そう。これでいいな?」

今までミヒャエルの存在をまるきり無視しているとも取れる態度を取っていたロアルドが、ふいにミヒャエルを振り返る。

「あ…っ」

そのまま、ミヒャエルの腰に腕を回した。引き寄せられれば、じん…と新たな疼きが、最奥から込み上げる。ロアルドに触れられただけで、ミヒャエルの肌には粟立つような快楽が生まれた。

部下の前で、性具が入ったままの腰を抱き寄せられる。王が愛妾を抱き寄せるような仕草に、ミヒャエルはくっと口唇を嚙み締める。

(こんな侮辱めいた仕草を、部下の前でされるなんて…!)

そう思って部下の様子を窺うが、部下は屈辱めいた二人の関係には、気付いた様子はなかった。一瞬、いぶかしげな表情は見せたが、まさか身体の関係があるなど、思いもよらないのだろう。

部下は、ロアルドとミヒャエルの間になされた取引きを、知るわけがない。

二人のやり取りに何の含みがあるのかも分からず、不思議そうな目つきで見つめている。

部下が、信頼した目で、ミヒャエルを見ている。

（あ……）

いやらしい処置を施された身体を部下に見られ、ミヒャエルはぞくりと身体を震わせた。

紛れもなく、その震えは甘い疼きを伴っていた。ぞくんと陰茎が跳ねるのが分かった。

気持ちいい…。部下の視線すら、甘美な被虐の悦楽に変わる。

ロアルドが部下に気付かれぬよう、背後でミヒャエルの双丘を撫でた。

（あ…！）

背を、電流が走った。双丘の狭間から伝わった電流が、脳天を悦楽に痺れさせる。

（あ…っ、何をやってるんだ、この男は…っ）

ミヒャエルは洩れそうになった嬌声を、寸前で噛み締めた。

ロアルドは双丘を撫でた掌を、つつ…っと狭間へと滑らせたのだ。

（あ！）

長い指先が、狭間を探った。そしてぐい…っと中の性具を押し上げる。

（あ、達く。達く…！）

部下の前で禁忌を逆らせてしまいそうになって、ミヒャエルはその快楽の衝動を耐える。

ぬめった肉襞は、ローズオイルのせいで、力を入れて咥え込んでいなければ、性具を滑り落としてしまいそうだった。オイルも、零れてしまう。

座ったままのロアルドを、ミヒャエルは見下ろし、きつく睨みつける。だが、ロアルドは余裕ある仕草でミヒャエルの双丘を撫で回し続けている。そのたびに全身に走る快楽…力を抜くと、性具が抜け落ちてしまう。

（この、男…）

悔しくても、どうにもならない。自分は部下を人質に取られた上、…大切な部分までも、ロアルドに握られている。

（部下にだけは、知られたくはない）

騎士でありながら、悦虐に貶められている今の姿を。

「下がれ。そして祖国の王に、お前の指揮官は大切にここで預かっている旨を、伝えるがいい」

できるだけ平静を装って、ミヒャエルは部下の前に立ち続ける。

「は…っ」

部下が跪いたまま、もう一度深く、頭を垂れる。ミヒャエルを残し、謁見の間を出て行く。彼の姿が見えなくなった時が、ミヒャエルの限界だった。

「う…っ」

悦楽の波に全身が侵略され、淫靡な快楽の業火《ごうか》に焼き尽くされそうな気分を味わう。傾《かし》いでいく身体を、ロアルドが支える。彼の逞しく広い胸に抱かれる。男の頼もしい体臭に包み込まれる。

（男に…身体を支えられるとは）

倒れる身体を、抱きかかえられる。床に身体を打ちつけないよう、守るように支えられるのだ。ロアルドが自分に向ける仕草の何もかもが気に入らない。けれど、ロアルドが触れただけで、ミヒャエルの肌がじん…と痺れるのだ。痺れは官能の熱を帯び、下肢に流れ込んでいく。

「俺に抱いて欲しいんだろう？」

誰が、こんな男などに。けれど荒れ狂う波のように下肢を襲う淫猥な疼きが、ミヒャエルを限界まで昂ぶらせていた。

「跪け。お前の部下のように」

傲岸《ごうがん》で不遜な命令が下される。跪くくらいならば構わない。もとよりもう、ミヒャエルの身体は、ロアルドの支えなしには立つのも難しい状態だ。ミヒャエルはのろのろとロアルドの足元に膝を着く。そうすれば、ロアルドの膝元に、ミヒャエルの顔がくる。敵に跪くだけで、本当は腹の底が熱くなるほどに悔しい。だが、ロアルドの命令は、それだけではすまなかったのだ。

「お前の部下を解放したのだから、お前にも誠意を見せてもらおうか。きちんと約束を果たすという、な」

「あ…っ！」

ロアルドがミヒャエルの顔を、己の膝の間に押し付ける。ぐい…っと力ずくで引き寄せられ、ミヒャエルの顔が勢いあまって、ロアルドの下肢にぶつかる。

（うぷ、…っ）

頬に触れた熱さに、ミヒャエルは一瞬、顔を仰け反らせ身体を引き戻す。ロアルドのものは昨晩、ミヒャエルの中で何度も放出したとは思えないほど、硬くなっていた。そして、熱い。火傷しそうなほどに。ミヒャエルの顔を、ロアルドが股間に押し付けた意図に、胸がざわめく。

「俺に奉仕してもらおうか」

「っ‼」

やはり、そうなのだ。目の前が屈辱のあまり真っ赤に染まる。

「できないのか？　部下のためなら何でもしてみせる。そう言った言葉は、お前こそ嘘だったのか？　約束を守れないのはお前のほうだと、俺が言ってやろうか」

「貴様…」

ミヒャエルは床の上で、拳を握り締めた。強く握り締めるあまり血の気が失われ、指の先が真っ白になっていく。今朝、ミヒャエルがロアルドに向けた侮蔑の言葉、それがロアルドによって効果的に使われ反撃される。

「さっさとしろ。意気地なしだな。女ですらもっと潔い」

馬鹿にしたようにロアルドが見下ろす。自分は女ではない。そう言い返したくなる。けれど今のミヒャエルに、抵抗できる術はなかった。解放されたとはいえ部下はまだ、城内を出てはいないだろう。ロアルドの気が変われば、路中、跡を追われ殺されるかもしれない。それにまだ、幾人かの部下は、牢に囚われたままだ。

部下、そう思った時、ここがまだ、公式な政務に使われる謁見の間だということを思い出す。はっとなり周囲を見渡す。

「もう、俺の部下たちはいない。それに気付かないほど、俺が与えた玩具に夢中になっていたのか？　淫乱だな」

侮蔑の言葉が、ミヒャエルの胸を抉る。

いつの間に下がらせたのだろうか。ロアルドが言うとおり、控えていたはずのロアルドの部下たちも、姿を消していた。

さすがに、ロアルドも自分の欲望を滲ませた顔を、部下に見せるつもりはないらしい。

(その程度の羞恥心は、この男にもあったのか)

すぐに命令に従わなかったミヒャエルに、ロアルドは罰を与えた。

「…脱げ」

広い空間で、着衣を解く…。そのいやらしさに、くらりと眩暈がした。寝室や地下牢、こもった薄暗い狭い空間で着衣を解くのとは訳が違う。淫らさとは無縁の、政《まつりごと》を行う空間で、ミヒャエルは裸にされるのだ。

躊躇《ちゅうちょ》すれば、またどんな命令が下されるか分からない。ミヒャエルは潔く衣服を脱いだ。ロアルドの視線が、ミヒャエルの下肢にあるものに注がれる。恥ずかしい部分は既に、蜜を溢れさせていた。肉茎を通じ、腹の中に埋め込まれているいやらしげなものを、見透かされているような気分に陥る。

白い肌にまとうことを許されるのは、ロアルドの名の刻まれた銀の首輪だけだ。緻密でありながら精巧な技で作られ、それはミヒャエルの力をもってしても決して切れない。

全裸にされ、玉座に座る彼の前に、獣のように這わされる。ロアルドが前を寛げた。

「入れて欲しければ、俺をその気にさせてみろ」

「誰が…っ」

「お前は俺の何だ？」

立場を言われれば弱い。

「俺の命令に刃向かうな。お前の役割を果たせ」

ミヒャエルの顔を股間に押し付けたまま、ロアルドは肉楔を取り出す。男の掌に握られたものを見て、ミヒャエルは咽喉が鳴ったような気がした。それは雄々しくそそり立っていた。ミヒャエルが愛撫せずとも充分に、いきり勃っている。反り返り、先端の首は大きく、二つに割れていた。自分のものと、その質感はあまりに違う。

生々しい勃起した男根に、ミヒャエルは怯える気持ちを味わわされる。

昨夜、これを入れられて気持ちよさそうに鳴いていたなど、…信じられない。

ロアルドがミヒャエルの腕を取ると、黒々とした肉棒に触れさせた。

(熱い…)

そして硬かった。

「咥《くわ》えろ」

「んっ…!」

冷たい声音とともに、口唇を押し当てられる。脈打っている剛棒の猛々しさを、敏感な口唇で感じさせられる。

「同じ男だ。奉仕の仕方は分かるだろう?　生娘でもあるまいし」

屈辱をただ味わわせるだけではなく、気持ちよくすることまでも、ロアルドは求めた。

ミヒャエルの脳を淫靡に落とし込みながら、ロアルドがミヒャエルに奉仕を求める。ロアルドがミヒャエルの顎を取った。

(く…っ)

悔しさのあまり嚙み締めていた唇を、ロアルドが無理やり解く。そして、強引に肉棒を、ミヒャエルの口腔に突き入れた。

「んん…っ!」

（こんな…）

男の勃起したものを、咥えさせられている。吐き出すことも許されず、粘膜で熱杭を包み込む。自分を傷つける凶器を、自分で勃たせることを、強要される。

「歯は立てるなよ。捕えてある部下たち、奴らを忘れるな」

突き立てられる剛直、憎むべきそれを大切なもののように扱い、愛撫させられるのだ…

…。屈辱を強いられているというのに、奇妙な興奮がミヒャエルを包んだ。

「そうだ。舐めろ。手がさぼってるな。根元に添えて、…そうだ。咥えるだけじゃ男は感じないだろう？　粘膜で刺激しながら、…舌をちゃんと動かせ」

「ん、んむ…っ、ん」

命令に従うのは悔しかった。けれど、突きたてられる剛直の逞しさは息苦しいほどで、早く解放されたくて、ミヒャエルは愛撫を続ける。呑み込みきれなかった唾液が、ロアルドの茎を伝ってだらだらと零れ落ち、黒々とした茂みを濡らす。

それは卑猥すぎるほどの眺めだった。赤黒い剛直に、己の唾液が絡みついている…。脈動が浮かぶ肉棒は、ミヒャエルの唾液のせいで、ぬらぬらと淫猥に光っていた。しかも肉棒は、ミヒャエルが扱くほどに固さを増していく。

「あ……」

卑猥な眺めが、ミヒャエルを淫獄の淵へと突き落とす。身体の芯がずきりと疼いた。

ロアルドの楔のように、ミヒャエルの肉根も硬く芯を尖らせている。淫靡な欲情がミヒャエルを襲い、ミヒャエルはロアルドの陰嚢を握った。茎が生えている付け根の部分にある袋を、掌で包み愛撫を施す…。

「そうだ。…先端を吸い上げて、咽喉も使え」

男のものを咥えさせられるのは初めてだというのに、ロアルドはミヒャエルに難題を押し付ける。口内のものが、ずっしりと重い。男の質感をリアルに感じる。ずきり…とミヒャエルの下肢に強烈な快楽が走り、卑猥な欲情が、先端からじゅん…と熱い蜜を溢れさせる。床にぽたぽたと落ちた熱いものが、白い水溜りを作った。

ロアルドがミヒャエルの痴態を眺め、目を細める。すると、ミヒャエルが咥えたものがぐん…と大きくなった。必死でしゃぶるほどに、それは逞しく頼もしく成長していく。

男のものを咥えしゃぶっているのだ……、それをミヒャエルに嫌でも自覚させる。

(私の愛撫で、この男は感じてるのか…?)

自分が咥えることによって。淫靡な興奮に、次第に口腔のものに夢中になっていく。ミヒャエルはくちゅくちゅと音をさせて、口腔で剛直を扱く。

男根を舐める行為に、没頭していく……。

ぬるぬると粘膜が擦り合う、淫らな水音だけが股間から響く。昨晩、貞操を奪われたばかりなのに今また、初めての口淫で、ロアルドがミヒャエルを犯す。

ロアルドは、女性に対するように、ミヒャエルの身体を気遣ったりはしない。初めてだった身体を奪った後何度も組み敷き、すぐに激しい陵辱の淵に叩き込んだ。

激し過ぎる突き上げを受け止め、陵辱を受け続けながら、プライドを取り去った部分で心と身体が傷ついていたことなど、……絶対にこの男には知られてなるものか。

ミヒャエルは口淫を続けながら、痛む胸を誤魔化す。

「出すぞ。呑め」

ロアルドがミヒャエルの顔を抑え付けた。外れないようにして、肉棒を口唇に含ませたまま、何度も出し入れさせる。

「んむ…っ、ん、んん…っ！」

口腔に白濁が放出される。遠慮なく撒き散らされる迸りを、ミヒャエルは口腔で受け止める。顎をがっちりと取られたままでは、吐き出すこともできない。ミヒャエルは精液が放出される勢いにも負け、淫汁をすべて呑み込んでしまう。

わずかに茎に零れた淫液も、舐め取らされた。横笛を吹くように、茎に手を添えたまま、舌を舐め下ろし、しゃぶらされる。

「あ…っ！」

やっと、肉棒を吐き出すことを許される。ミヒャエルの頬は真っ赤に上気し、瞳は潤みきっていた。

口角から白濁を零したいやらしい顔を、見下ろされる。口唇についた白濁を、ロアルドの指先が拭った。

顔に、男の精液がこびりついている…。

「俺のものになれば、毎晩こうして可愛がってやろう」

ロアルドのものになる。それは、祖国を裏切ること……。

「どうだ…?」

様々な責め苦で、ロアルドはミヒャエルに裏切りをそそのかす。密書を手に入れようとした時もそうだ。そして屈しなかったがゆえに、ミヒャエルはこうして彼に嬲られる羽目になったのだ。

「部下のために身体は好きにさせると言った。だが、祖国への裏切りまでは、取引きに含まれてはいない」

「来い…!」

言った途端、ロアルドがミヒャエルの腕を摑んだ。強い力で、身体が引き上げられる。座ったままのロアルドの膝に、身体が乗り上げる。双丘の狭間に、熱いものが押し当てられた。

「あ…っ！　こんな、もう…っ」

口腔で達かせたばかりだというのに、ロアルドの剛棒は、脈動を取り戻していた。

「あああ…っ！」

性具を一気に引き抜かれる。空虚さがミヒャエルを襲う。ゴトリと音がして、床の上に性具が落とされる。

「ぐしょぐしょだな」

ミヒャエルの中に流し込まれていたオイルのせいで、象牙が艶やかに濡れていた。淫靡な光を放ち、ミヒャエルの淫欲を煽る。

ロアルドがミヒャエルを、一息に貫いた。

「ああああっ!!」

ロアルドは再三、ミヒャエルに裏切りの誘惑を説《と》いた。だが、ミヒャエルはどんな拷問を受けようとも、心を明け渡しはしなかった。

ローゼンブルグの王への忠誠心を示すほど、陵辱の楔は強くなる。

部下を守る気概と気高さ…それが卑猥な腰の動きとともに貶められていく。

「は、はぁ…ぁ、は…ッ」

肉のぶつかり合う音が、重ねた股間から響いている。ミヒャエルは吐息を荒げ、突き上げに耐える。

(駄目だ…い、達く…っ、達く…っ！)

後ろに男を挟み込まされたままで。腰の痺れと快感が昂まり、ミヒャエルは自ら腰を揺らした。感じ過ぎて…死ぬほどの悦楽がミヒャエルの下肢に渦巻く。それが、恥ずかしくも悔しい。

屈辱の、虜囚。捕虜としての扱いを受けながら、ミヒャエルは楔に身体を揺すぶられ続けた。

＊＊＊

「いい格好だな、ミヒャエル」

意地の悪い言い方で、ロアルドは濡れた部分への突き上げを速める。ミヒャエルは既に意識を飛ばしたのか、ロアルドを見ない。虚ろな視線は何も映してはいない。

濡れた美しい瞳は、抱き合う間、一度たりともロアルドを見ることはない。

それは、わざとなのか。ロアルドに抱かれている現実から、逃げたいだけなのか。

苛立つ気持ちのまま、ロアルドはわざと力強くミヒャエルを突き上げた。

淫欲にまみれ、欲望を貪るなど、清廉な騎士には恥ずべき行為だ。

だが今のミヒャエルは、情欲に溺れている。

壊れそうな女とは、ミヒャエルは違う。欲情をぶつけるのに、女には遠慮があったが、ミヒャエルにはその必要はない。対等な男として、ロアルドは存分にミヒャエルを嬲った。力強い腰つきで、幾ら強く突きあげても、ミヒャエルのような男には遠慮はいらない。

がくがくとミヒャエルの身体が、ロアルドの上で揺れる。

「あ、アッ、…もう、もう…ッ」

(幾ら誇り高い騎士といえども、大切な部分を抉られるのは弱いとみえる)

欲望に身体を打ち震わせ、ミヒャエルが悶え喘ぐ。中の粘膜を擦り上げれば、ぐう…っと襞が杭を締め付ける。ロアルドはミヒャエルを貫いたまま、両脚を大きく開かせた。座ったままの姿勢で、肘掛の外に細い足首を落とし、閉じられないよう固定する。容赦のない打ち込みを、ミヒャエルは狭い筒で受け止める。

「あ、そんなに、突く、な…っ…」

瞳が細くなり、濡れた光を帯びる。上下に揺さぶられるたび、髪が乱れる。容赦ない突き上げを、ミヒャエルに与えている自覚はある。痛みは訓練するほどに耐性ができるかもしれないが、快楽は違う。抱かれるほどに身体は鋭敏になり、ミヒャエルを狂わせる。ましてやもの慣れぬ身体なら、ロアルドの責めに啼いても当然だった。

プライドの高い騎士、そしてその名を他国にとどろかせたほどの有能な男だ。強さからも、彼を征服できる男は、他にいなかったに違いない。

……ローゼンブルグの王以外は。

男らしくたのもしく、戦場で剣を交えれば、ロアルドも容易に彼を倒すことはできないだろう。その位ミヒャエルは強い男だと、ロアルドは認めてもいた。こんな風に策略によってとらえなければ、彼の素肌に触れることも難しかったに違いない。

(抱かれている時が、一番美しいな、この男は)

ひとたび腕の中から離れれば、きつい眼光がロアルドを睨む。それが自分の腕の中にいるときだけ、弱々しい風情を見せる。

「ん…っ…アァッ…!」

ミヒャエルがロアルドの身体の上で啼いている。この強く美しい男に楔を突き立てているという事実は、何よりロアルドの征服欲を満足させた。

もし彼がブリスデンに生を受けたなら、有能な側近として召し抱え、重宝しただろう。戦場には必ず彼と赴き、戦利の美酒に酔ったかもしれない。

何でも信頼して話せるパートナー、二人三脚で共に夢に向かって歩み、酒を片手に語り合える相手…自分と拮抗《きっこう》する実力を持つ男、そんな人間はそうざらにいるものではない。

自分の片腕になるだろう実力を持つ男がなぜ、敵なのか。

自分達の運命を呪う。

ミヒャエルの快楽に喘ぐ姿を瞼に焼き付けたまま、ロアルドはミヒャエルの肉襞が与える快楽を、貪り尽くした。ミヒャエルは大きく男に向かって足を開いた無防備な姿勢で、しかも中央の大切な部分に男の猛りきった勃起を埋め込まれた姿を晒している。

「ああ…っ、声、が…っ、く…っ」

もう喘ぎ声を止めることもできないのだろう。身体を好きにさせていても、時折、ミヒャエルは口唇を噛み締めようとする。低いが官能的な声だ。ロアルドの耳に馴染む。

「もっと声を出せ。そして俺を愉しませろ」

がくがくと上下に身体を揺さぶれば、ミヒャエルの白い肌がますます紅く染まっていく。意地でも声を聞かせたくないのか、自分が嬌声を上げる羞恥に戸惑っているのか。

(後者ならば可愛げのあるものを)

抱きながら、目の前の男に似合わない形容を思いつく。

目の前の男がわずかでも可愛らしいと思えるとすれば、それはロアルドに抱かれている時だけだ。

「う…っ」

ミヒャエルがロアルドの胸を押し返そうとする。その腕を取り、抵抗を奪って、わざとミヒャエルが嫌がるように、胸元に口唇を寄せた。

「今さらだろう？　お前の下の口は、もっといやらしい声を上げているというのに」

「ひ、ぁ…っ！　や、やめろ…っ」

ロアルドはミヒャエルの胸の突起を口に含んだ。舌先でくちくちと愛撫する。ミヒャエルの両手を抑え、胸の前を全て開く。胸の尖りを舐め回し、強く吸った。

その間も、腰を強く突きあげる動きはやめない。

抵抗の言葉を吐くこともできなくなったのだろう。ミヒャエルの身体が小刻みに震えている。胸の突起は硬くなり、こりこりとした質感を、ロアルドの舌に与えていた。

「あ、あ、ン…っ」

「こんな場所も…勃たせて。いやらしい身体だな、ミヒャエル」

突起をしゃぶりながらロアルドは言葉で責め抜く。言葉を吐きながらの愛撫…吐息が胸に触れ、そして言葉を綴《つづ》るごとに愛撫の緩急がつくのをわかっていて、乳首を噛んだ。柔らかく微妙な角度で尖りを愛撫すれば、ひくひくと胸が震えているのが見える。

ちゅ…っとわざと大きく音を立てて胸を吸えば、女のように胸を愛撫され感じているのを自覚したのだろう。ぎゅ…っと強くミヒャエルが目を閉じる。羞恥と屈辱に染まった頬は、本気で感じていることを知らせた。

「あ、こんな、すご…」

強靭な腰使いで、ロアルドはミヒャエルを解放せず、突き上げ続ける。ミヒャエルも女性との経験はあるだろう。だが、女相手でもこれほど執拗に責め抜くことはしないだろう。ロアルドもここまで傲慢で強引な責め苦を、抱いた相手に与えたことはなかった。

ミヒャエルだけだ。ロアルドにこれほどの強い情欲を感じさせるのは。内臓を食い破るほどの激しさで、ロアルドはミヒャエルを突き上げる。彼ならば、力を込めて抱いても壊れる心配はない。対等な立場の人間として抱くことができる相手、なのだ。

「気持ちいいな、お前の中は」

存分に、ロアルドはミヒャエルの中を愉しむ。

「言う、な…っ」

激しい突きを繰り返すほど、ミヒャエルの粘膜に包まれた剛棒は痺れるような快感を得る。ミヒャエルの襞は気持ちいい。ロアルドが突き上げるほど、きゅ、きゅ、と締め付けて、ロアルドの愛撫に応える。

「お前も感じてるくせに。こんなにみっともなく前を勃たせて。だらだら雫を零してるはしたない茎だな」

ロアルドは、己とミヒャエルの身体が重なっている間で、揺れている肉茎を見つめた。挟まれたものは、互いの下腹に擦られる刺激で、勃ち上がっている。先走りの蜜が陰茎に白く絡み付いている。滴り落ちるものは、幾重も筋を作り、陰茎の筋に沿って、いやらしげに垂れていた。

自分が、ミヒャエルをここまで感じさせている。それはロアルドの征服欲を満足させた。

無理やり陵辱するだけなら、ミヒャエルも言い訳ができるだろう。だがこれほどに感じてしまっては、悦んで抱かれていると揶揄されても仕方がない。

だから、ロアルドは自ら快楽を愉しみながらも、わざとミヒャエルも感じるように追い詰めた。

向かい合ってミヒャエルの身体を抱き上げていると、目の前に舐めたばかりの乳首が見える。それは石榴のように紅く光っていた。唾液にぬめり、ぬらぬらと卑猥な色に染まっている。絡みつく唾液…男に胸の尖りを舐めさせた証だ。そして、尖りきったそれは、陵辱に貶められても、感じ、ふっくらと充血している。

いやらし過ぎる眺めだった。ロアルドは下肢に血が集まるような気がした。

この騎士を、ここまで汚したのは自分だと思うと、充足感が込み上げる。戦争で勝利しても、これほどの満足感を得たことはなかったかもしれない。

「ま、まだ……」

体内で膨らむ勃起に、ミヒャエルが驚きの声を上げる。

「ここも女みたいに、勃たせて」

わざといやらしげな乳首を眺めながら、腰を突き抜く。貫けば、ミヒャエルの身体ごと乳首がぬめぬめと角度を変えて光る。

「あ、あ」

既に、ミヒャエルは突かれるままになっている。抵抗が抜けた身体に、存分に杭を打ち込む。

「中に、全部出してやる。出して欲しいか？」

ロアルドは淫らな、そして自分に心から屈する証の言葉を吐くよう誘う。

「……っ」

あれほど突かれるままになっているミヒャエルが、最後の…ロアルドに心から服従する言葉だけは、吐かない。もう多分、理性はなくなっているはずだ。無意識の部分で、ミヒャエルはロアルドを拒絶している。剛直は身体の奥深い部分に、受け入れることを許しても。

「こうして俺に、毎日可愛がって欲しいんだろう？」

「…ん…あッ」

「毎日、中で出してやろうか？」

毎日、この強靭なライバルにもなりえる男を組み伏せ可愛がる…それはロアルドの、そして男の欲情を煽る。普段絶対に男に脚を開こうとはしない男だからこそ、その両脚を開いた淫靡な姿を見てしまえば、独占欲が溢れでる。

（誰も知らないだろうな。この男のこんな姿は）

そしてこの強い男の享楽に染まった姿を見られるのは自分だけなのだ……。

「……ぁ……」

最後まで、ロアルドが望む言葉は、ミヒャエルは告げなかった。ただ、突き上げられながら、その瞳が弱々しい光を一瞬だけ浮かべた時、ロアルドは激しく突きあげていた。切なげな瞳が、ロアルドの胸を突き刺す。

印象的な表情だった。もっと泣かせてみたい。そして、その表情を自分以外に見せたくはない、そんな独占欲が迸る。それは、初めての感覚だった。抱きながら自分だけのものにしたくてたまらなくなる。

こんな凶暴な真似をしたのは、ロアルドは誓ってミヒャエルが初めてだ。思うままにならないからこそ、激しい行為を向ける。なのに瞳が苦しげに歪められれば、罪悪感が浮かんだ。けれど、思うままにならないミヒャエルに、焦れる気持ちが勢い、もっと行為を激しくしてしまう。肉襞を肉棒でぐちょぐちょに掻き回す。ミヒャエルの身体からは力が抜け、ロアルドのなすがままだ。本当の奴隷のように、突かれるままになっている。

淫猥に身体は堕ちても、…その瞳だけは貶めることはできない。

自分のものには、ならない。いくら抱いても。

ミヒャエルは己に征服されたのだ、それを思い知らせるかのように、ロアルドはミヒャエルの一番奥の部分に、熱い精液を激しくぶちまけていた。

＊＊＊

ミヒャエルは甘く気だるい身体を、ベッドから必死で起こす。

捕虜は捕えた男に、好きに扱う権利がある。捕虜としての扱いを受けてから、ミヒャエルが囚われた場所は、ロアルドの寝室だった。

起き上がると、裸体にシーツを巻きつける。…服は、与えられなかったから。シーツはごわりと硬い感触がした。それが昨夜、自らとロアルドが撒き散らした精液のせいだと気付き、ミヒャエルの頬が屈辱に染まる。

ゆっくりと寝台から足を下ろし床につく。自分がローゼンブルグの城で与えられていた場所とは違う、豪奢《ごうしゃ》な寝室だ。それも当然だろう。そしてこの豪奢な場所でミヒャエルが見るのはいつも、天井だ。仰向けにされ、男の身体を受け止めさせられる。

朝まで、剛直を埋め込まれたまま身体を揺さぶられ続ける。朝になり、彼の背を見送る。そして、夜、公務を終えたロアルドが来るのを…抱かれるのを待つだけだ。

まるきり、性奴隷としての扱いだった。ミヒャエルは木の扉に近づく。シーツのはしが、床を滑る。銀の首輪だけが唯一、身にまとうことを許された装飾具だ。

「開かないか…くそ…っ」

「あの…男…っ」

王の寝室だというのに、外から鍵が掛かるようにされた。

『国を存続させたいのなら。民を、兵を守りたいのなら、お前が命乞いをしろ。その……身体で』

それが、ロアルドが提示した条件だった。

地下牢に繋がれるかと思ったが、ロアルドはミヒャエルを自分の寝室に閉じ込めたのだ。いつでもすぐに抱けるように…という理由で。

寝室。そこで行われることは、一つだ。

自分の役割は、それしかないのだと、思い知らされる。

(…どこまでも下衆で、好色な男だ)

『戦争で囚われた捕虜の扱いはいつの時代も同じだ。戦利品として女は兵に分け与えられる』

自分は女じゃない。そう叫びたかった。

『囚奴として、お前は俺を楽しませろ』

服も与えられず、ただ、抱かれることのみにしか自分の存在価値がないと思い知らされる日々。

(私は……あっ)

ドアノブに力を込めて、無理やり開けようとすれば、下肢に力がこもる。途端につつ……っと淫猥な感触とともに、蕾から零れ落ちたものが、太腿の内側を伝った。白く濁《にご》った精液だ。

淫靡な気配に、ミヒャエルはうろたえる。自分が、男に精液を放たれ、注がれるなど、想像したこともない。だが、実際にミヒャエルは、現実として、その行為を受けている。

それが、太腿を伝わる淫液の正体だ。

溢れるほどに注ぎ込まれた、男の残滓だ。ロアルドはたっぷりとミヒャエルの筒を犯し、存分に精を放った。精を注ぎ込まれると、本当に、最後まで陵辱された…その気持ちを強く、味わわされる。ミヒャエルが嫌がるのを分かっていて、ロアルドは単に自分が腰を動かし、欲望を満足させるのを愉しみ、果てるだけではなく、最後までミヒャエルを汚すことを好んだ。既に数度放出された証を分からせるように、ぐちょぐちょと音を立てて、蜜壺を掻き回した。いやなのにいやらしげな音は、いっそう深い快楽を、ミヒャエルに与えるのだ。

『腰が揺れているぞ。そんなにいいか？　男のもので掻き回されるのが』

毎日たっぷりと犯して中に注ぎ込んでやる、ロアルドは執拗に、ミヒャエルを汚した。ミヒャエルが、自らロアルドの男根を欲しいとねだらない限り、それは繰り返された。

勃起しきった剛直を咥え、舐めさせられ、顔に精液を放出されることもあった。白濁に汚された顔を、ロアルドに晒す屈辱と言ったら。

ミヒャエルは自らの腕で、守るように身体を掻き抱く。

汚れたシーツ、これだけが、男に吸われた肌の証を、隠す手段だ。

そのシーツを替えるのは、ミヒャエルに食事を運ぶ侍女たちの役目だ。

侍女たちは、ミヒャエルがどんな扱いを受けているのか、とっくに知っているだろう。

シーツはいつも乱れ汚れきり、そして、ミヒャエルは服すら与えられていないのだ。

彼女たちは、納得しているのだろうか。汚らわしいと思わないのだろうか。

自国の王と頂く人物が、捕虜を寝室に繋ぎ、毎夜その身体を愉しみ、味わいつくしているのだ。

もしかしたら、噂話の端に、上っているかもしれない。

自分と王との交接が、井戸端の談義で話し合われ、どう淫らに想像されているかと、羞恥に眩暈がした。指先が首の鎖を掴む。引きちぎろうとしてもやはり、それはできない。

開かない扉の前に佇《たたず》んでいると、話しながら近づくかすかな声がした。

「ミヒャエル殿を捕えられるとは思いませんでしたね」

(…っ!)

聞こえてきた会話に、思わず耳をすます。扉の前で立ち止まった気配があった。

「お陰で、ずい分兵の士気も上がっているようです」

「彼の活躍のせいで、大分我が国は辛酸を舐めさせられましたからね」

「あの男など、さっさと殺せばいいのに」

ここは敵地だ。自分の存在を、快く思う人間など、誰もいない。

「憎々しい我々の想いは、陛下が代弁くださっているではありませんか」

「何？」

「どのような扱いを、ミヒャエル殿が受けているかご存知ですか？　ただ味方を助けるために死ぬのなら、あの男はそれを選ぶでしょう。でも…」

くく…っと低い笑いが響いた。

「今はただ、毎夜陛下を愉しませるだけの、性玩具ですよ」

「あの騎士殿が…」

ほう…っと、驚きと感嘆の溜め息が洩れる。賞賛はロアルドに向けられたものに違いない。

「大分大人しくなったと、陛下はおっしゃってましたよ」

「毎晩可愛がられていれば、さすがにどんな屈強な男でも、男に抱かれることを欲しがるようになるでしょうね。ローゼンブルグの国王の信頼厚い騎士が、男に抱かれることを悦んでいるなんて、ローゼンブルグの国王の面目も丸つぶれですね」

男たちは笑い合う。

「他の捕虜たちはどうしている？」

「ミヒャエル殿の部下たちも、ミヒャエル殿を心配しているようですよ。彼らと騎士殿とは別々に捕えたまま、一度も会わせていませんからね。無事だと何度告げても、信じてはいないようです。暴れて勝手に抜け出したりすれば、お前たちの騎士がどうなるか分からないぞと脅して、やっと押さえているような状態で」

「ずい分、慕われているようですね。さすがミヒャエル殿だ。だが…」

下卑た嘲笑が聞こえた。

「彼らが命をかけても守りたいほどの忠節を尽くしている騎士殿が、…実は、陛下の慰み《なぐさ》者になっているなどと知れば、さすがに彼らも黙ってはいますまい」

慰み者。

頭に血が上《のぼ》るあまり、目の前が真っ白になる…それほどの憤りを感じたのは、初めてだったかもしれない。

自分が屈辱に貶められるだけならいい。だが、そのせいで…。

(我が国の王がそしりを受けることだけは、許せない)

そして、自分の身を案じているという部下たちも。…心配だった。

(たとえ、この身が傷ついても、彼らが助かるのなら…！)

そう…思って…。

さもなくば、誰があのような男に抱かれるものか。

「私も、あの騎士殿を組み敷き、犯してみたいものですね。そうすれば、戦いで命を失った仲間の思いも、晴れるというもの」

「手柄を立てれば、恩賞として与えられるかもしれないぞ。陛下にお願いしてみればいい」

言いながら、足音が遠ざかっていく。

（誰が、このような男どもに…っ！　抱かれてなるものか）

怒りのあまり身体が震えた。だが、捕虜として囚われた以上、どのような扱いを受けても文句は言えない。

あの王が、とりあえずとはいえ、ミヒャエルの部下たちに、無体な真似を働いていないのは意外だった。

本当に約束を、守ってくれているのだろうか？

彼らの会話だけでは、心配がつのる。

ミヒャエルは部屋を見渡す。隅にどっしりとした椅子が置かれている。それをドアまで引き摺ってくる。かなりの重量だったが、力を込めて椅子を振り上げる。

「く…っ！」

ガシャリ、と激しい音がする。

力ずくでドアノブを、叩き割った。

音に気付かれたかもしれない。

ミヒャエルはシーツをしっかり身体に巻きつけると、部屋を抜け出した。

(その前に……!)


石畳の廊下を、裸足で走り抜ける。廊下を挟むしっかりと石が組まれた側壁は、完全な防御を誇る。薄暗い場所は、身体を隠すのに最適だった。

「なっ、お前は…っ!」

角を曲がったとき、ロアルドの配下に見つかってしまう。それはもちろん、予測のうちだ。ミヒャエルは相手に構える隙を与えず、みぞおちに拳を叩き付けた。

ロアルドの兵士として訓練は受けているだろう、だが、ミヒャエルには敵わない。

「…っ…」

叫び声すら上げられず、男は身体を折る。目の前で崩れ落ちていく。

「たまたま居合わせたことを、不運だったと諦めろよ」

横たわる身体を見下ろすと、ミヒャエルは手早く彼の衣服を剝ぎ取っていく。味方の衣装を着ていることが、ミヒャエルの正体を隠す手段になる。少しでも逃げ出したことがばれるのを遅らせる、それは必要だった。それに何より、シーツを巻きつけただけの姿では、目立ちすぎどこにも行けない。しかもいやらしげな跡をべたべたと付けた身体を、誰にも見せたくはなかった。

素早く敵の兵士の衣服を身につけると、ミヒャエルは城の廊下を駆け抜ける。

出口…外に通じる城門…そんなものには、ミヒャエルは興味はなかった。もとより、完全に逃げ出せるとも思わない。

(それよりも、私がいた地下牢はどこだ…?)

記憶を頼りに、地下牢への路を探す。多分、その近くに、捕虜は囚われているに違いない。どこの城の作りも、敵を捕えておくための場所は同じだ。薄暗く衛生的ではない場所に、部下が囚われていると思うと、胸が引き裂かれそうだった。

廊下を歩いていると、時折、別の兵士や侍女たちと擦れ違う。ミヒャエルは一刻も早く部下の様子を確かめたい、その気持ちを抑え、歩調をゆっくりとしたものに変える。

顔をうつむけさり気なく隠し、軽い会釈を向ければ、彼らも会釈で返す。特に、ミヒャエルに気付いた様子はない。

「ここか…」

わずかに見覚えのある壁の染みと、螺旋《らせん》の階段、それは地下牢へと続く路だった。最下層へ向かう前に、横に繋がる路がある。その路を駆ければ、鉄の格子の嵌まった場所があった。

はやる気持ちのまま、格子の一つに近づく。

「ミヒャエル様！」

「エリアス！」

ミヒャエルが姿を現した途端、中から腹心の部下が声を掛ける。敵の兵士の姿をしていても、一目でミヒャエルだと見抜いた。

彼は、ミヒャエルの幼なじみだ。昔からミヒャエルのために、心を砕いてくれている。今回の危険が伴う任務、それにも、真っ先に名乗りを上げてくれた。

切りそろえられていた真っ直ぐな黒髪は、やや伸び気味になっている。ミヒャエルより背も高く、頼もしい体格をしている。実直で誠実な若者である彼を、ミヒャエルは腹心の部下として可愛がっていた。

ミヒャエルは牢に近づくと、格子に手を掛ける。案の定、頑丈な鉄の格子は、びくともしない。

「ミヒャエル様はご無事でしたか？」

格子の中には、他に三人の部下が閉じ込められていた。

「私は無事だ。それよりお前たちはどうなんだ？　暴力を振るわれたりはしていないか？食事は与えられているのか？」

心から、彼らが心配だった。ロアルドは部下の安全を約束した。だが、約束が本当に守られているかは、この目で見るまで信じられるものではない。ずっと、心配していた。ロアルドに抱かれて、恥辱に貶められている間も。

「それは大丈夫です。食事も与えられています。衣服も、ここに来た時は泥だらけでしたから、新しいものが与えられました」

よく見れば、彼らがまとう衣服は新品だ。捕虜にしてはこざっぱりした様相をしている。

「ミヒャエル様こそ大丈夫ですか？　本当なら見張りをなぎ倒し、助けに伺いたかったのですが、我々が暴れれば、ミヒャエル様のお立場が悪くなるからと言われて、それもできませんでした」

ミヒャエルも、部下たちを人質に取られ、ロアルドとの取引きを呑んだ。

頭のいいやり方だ。互いを気遣う気持ちを、利用されている。

「いつか、…助けてやる」

絶対に。何としても。

「ミヒャエル様…」

エリアスがミヒャエルを見つめる。

檻を通し、見つめ合う……。

約束するように、格子に掛かるエリアスの掌に、ミヒャエルは己のものを重ねた。指を取り、真摯《しんし》に目を見つめ、助けることを誓う。

二人の瞳に、祖国で過ごした懐かしい日々が過ぎる。

「やはり、さすがだな。ここを見つけるとは」

引き裂く声が、二人を現実に引き戻す。

「ロアルド…！」

ミヒャエルは振り向いた。

「よく辿《たど》り着けたものだ。それは兵士を倒して奪った服か？」

ロアルドがミヒャエルの姿を見て呟《つぶや》く。じ…っと、ロアルドがミヒャエルを見つめる。

重ねられたミヒャエルとエリアスの指先、それを強い眼光が射抜く。

「なぜ抜け出した？」

「お前のような下衆な男が、私の部下を生かす…その約束をきちんと守っているか、確かめたかったからだ」

「ふん…それで、どうだった？　確かめられたんだろう」

「ああ」

ミヒャエルが返事をする前に、ロアルドがミヒャエルの腕を掴む。そして、格子から身体を引き剝がした。ロアルドの腕の中に、閉じ込められる。まるで、所有権を主張するかのように、ロアルドがミヒャエルの腰に腕を回した。

「ミヒャエル様から手を離せ…！」

エリアスが叫ぶ。触れるだけでも無礼だと思っているようだ。ロアルドが眉をそびやかす。実際はもっと酷い辱めを受けているのだと知ったら、さらに激しい抵抗をしたかもしれない。

…兵士の衣服の下で、首元の細い鎖が胸を凍らせる。首輪をロアルドに付けられていると知ったら、エリアスはどう思うだろうか。

心からの心配と、尊敬の気持ちが、胸に痛い。

「戻るんだ、ミヒャエル」

ロアルドがミヒャエルの身体を引き寄せる。ぐ…っと強い力が込められ、牢から離されていく。

「ミヒャエル様…！」

「絶対に、助けてやる。だから、お前たちは自分のことだけ、考えていろ…！」

余計なことをして、自分の身が傷つかないように。

ロアルドに腕を引かれ、エリアスから、部下たちからミヒャエルは引き離される。

力ずくで遠ざけられながら、ミヒャエルは背後を振り返り叫ぶ。

エリアスたちに会うために、ロアルドの部下を殴り倒した…その事情を知らされ、エリアスが心配げにミヒャエルを見つめる。どのような拷問を受けるかと、不安に思っているようだ。助けようにも、鉄の格子が邪魔をし、それは叶わない。

「ミヒャエル様を傷つけてみろ、ただでは済まさないぞ、ロアルド！」

悔しげに叫ぶエリアスの声が、ミヒャエルの背に突き刺さる。

響く声をいつまでも、ロアルドの腕の中でミヒャエルは聞いていた。


部屋を抜け出したこと、逃げ出したこと、兵を殴り倒したこと、勝手に部下に会いに行ったこと、…そして、ロアルドが提示した約束を守っていないのではと疑ったこと、そのすべてが、ロアルドから、制裁を与えられる理由になるのに、充分だった。

ミヒャエルの手首に、冷たい鎖が嵌まる。ガチ…っという音を、冷めた気持ちで聞いていた。冷静さを装《よそお》い、ミヒャエルはロアルドの制裁を受けるために台の上に横たわる。

四方を石の壁に覆われた薄暗い空間、その中央には、冷たい石の台があるだけだ。台の上には最初から、鎖と枷が置かれていた。

「ここは敵の密通者を捕らえ、重要な情報を吐かせる、そういった時に使われる場所だ」

ロアルドの説明を、捕えられたままミヒャエルは聞く。

拷問。

冷たい響きのその言葉が、ミヒャエルの胸に浮かんだ。

「部下のための行動か、見上げたものだ。だが俺の命令に背いたことは許せないな」

両手首、両足首に、鉄の枷が付けられた。それらからは鎖が伸び、それぞれの台の脚に繋がっている。

仰向けに、ミヒャエルは横たわる。部下を人質に取られ脅迫され、ミヒャエルは既に全裸だ。

全裸で仰向けにされる…。大切な部分を隠すこともできず、その姿を男は見下ろしているのだ。しかも両脚は鎖と枷のせいで、広げられている。

「不本意そうだな」

ロアルドがミヒャエルを嘲笑う。淫らな姿で大人しく繋がれても、心は明け渡すまい、そう思っているのを分かっているからだ。プライドを部下のために引き渡し、身体くらいで彼らの命が助かるならいい、ミヒャエルこそロアルドを嘲笑ってやる、そう思っているのが伝わるのだろう。

敵同士、憎み合う態勢は、出会った時から変わらない。

ロアルドの視線が、ミヒャエルに注がれる。

……見られている……。

ミヒャエルの身体に、淫靡な刺激が走った。肌の上を、舐めるような視線が這う。ぴりぴりと痺れるような感覚が、肌の表面に灯る。ぴくりと恥ずかしい部分が反応するのが分かる。

　ロアルドはまだ、ミヒャエルに触れない。台の上に括り付けられて、足を広げた姿を、見下ろしている…。恥ずかしい部分に、視線が止まるのが分かった。

　じゅん…と身体の芯に、火が付けられたようになる。見られているだけで、ミヒャエルの頬が、紅く染まる。

　目だけで、犯される。そんな気分を味わう……。

「…ぁ…」

　まだ触れられてはいないというのに、熱い吐息が零れ落ちた。ミヒャエルははっとなる。もぞり…と膝を合わせて、大切な部分を隠そうとする。だが、鎖のせいで、両脚はみっともなく広げられたまま、秘められた部分は隠すこともできない。

　片頬を上げて、ロアルドがミヒャエルを見下ろす。

　支配者としての表情が、この男には嫌というほど似合う。

　肉欲的で官能的で、力と雄々しさの化身のような男。

「何を恥ずかしがっている？　お前の身体で俺が知らない場所など、一つもない。お前の身体はすべて、俺が知っている。中も…な」

　ロアルドがミヒャエルの足元に立った。

　足元…両脚は大きく広げられ、その狭間の蕾を存分に眺められる場所に、ロアルドが立っている。ヒクリと蕾が、収縮するのが分かった。

（あ…見る、な…）

どうしたのだろう、自分の身体は。

（こんな…ロアルドに見られただけで、熱くなる…なんて…）

視線に、肌を焼き尽くされそうだった。じん…と疼いた火種は、全身を巡る。

見られて身体を走る感覚…それは確かに、淫靡な快楽だった。

台の上で、ミヒャエルは熱い身体を持て余す。

「どんなふうにお前の中が赤くなって、俺のものを呑み込んでいるのかも。いやらしげにヒクついて、俺のものを頬張っているのかも、呑み込んだ後、腰を揺らす反応も、すべて」

（あぁ…）

意志とは裏腹に、熱くなったミヒャエルの中央は、勃ち上がり始めている。胸すら、触れられていないのに、尖り出す気配を感じる。

ロアルドが懐《ふところ》に手を差し込む。そこから取り出されたものを見て、ミヒャエルは目を見開く。

「それは…！」

王から賜《たまわ》った、守り刀だ。戦場に持つには不似合いの、豪華な装飾が施されている。

戦うには適さない。だが、鞘《さや》には祈りとともに祭壇に捧げられた美しい宝石が幾つも埋め込まれ、ミヒャエルの身を守るはずだった。

捕われた時、ロアルドによって、奪われたものだ。

「お前の守り刀か？」

「そうだ。王から賜ったものだ…！」

「わざわざ戦場に持ち歩くとは、よほど大切なものなんだな」

ロアルドも、騎士に守り刀を与えることくらいするだろう。最初からミヒャエルの大切なものだと分かっていて、ここに持ってきたに違いない。

「一体、何を…」

ミヒャエルは守り刀を持ったロアルドの意図が分からず、不安げに見上げた。

騎士にとって、守り刀を奪われるのは、王の顔に泥を塗るに等しい。

「返せ…！」

不安をさとらせる表情を見せたくはない。そして、王の守り刀を軽々しく扱うロアルドが許せない。睨みつければ、ロアルドが独り言めいた言葉を吐く。

「お前は、部下にはあんな表情を見せるんだな」

「なに…あッ！」

いきなりだった。ロアルドはミヒャエルの顎を取ると、口唇を奪った。

「ん、ん…っ！」

抵抗を押さえ付けられた姿で、口唇を奪われる。商売女ですら守り通そうとする口唇まで も、ロアルドは奪い、ミヒャエルを犯す。心から奪い尽くすように、ロアルドは唾液を送り込み、激しい口淫を繰り返す。粘膜を舌で抉られる。送り込まれた唾液を、ミヒャエルは無理やり飲み下す。

ロアルドのものを呑まされる…。くちゅ…っという淫らな音が、重なり合う場所から生じる。

(あ…ロアルドの…口唇が…)

肉厚の口唇が、自分に重なっている。あれほど自分を貶める言葉を吐くのに、重ねられる口唇は…甘い。

「ん…」

口唇が離れれば、粘液が二人の間に引かれる。ミヒャエルは既に瞳を潤ませていた。まるで、これから行われる行為に、期待するかのように身体が疼く。

「もう、濡らしているな」

「あッ!」

ロアルドが、ミヒャエルの茎を指先で弾いた。だがすぐに掌は離れ、内腿を撫でた。

「は、あっ!」

焦らすようにロアルドの掌が、ミヒャエルの肌の上を這う。ミヒャエルの昂ぶりが、蜜を零すのが分かった。じゅわりと白濁が溢れ出す。茎が熱い。

「ああ…ン…っ…」

下肢を走る痺れが、電流のように全身を駆け抜ける。前だけではなく、後ろも、強い疼きを植えつけられた。

(あ、私の身体は…あんなところまで…疼く、なんて)

男性として前が強烈な射精感に襲われるなら分かる。だが、ミヒャエルは双丘の狭間の、本来なら男性が性器として使うはずもない部分を、激しく疼かせたのだ。

前はもう、みっともないくらい、だらだらと蜜を零している。ぬるぬるとぬめった質感を与える陰茎が、恥ずかしい。零れ落ちた蜜は、蕾に零れ落ち、潤いを与えている。

…男のものを受け入れるためのように。

「淫乱な身体だ」

ロアルドは、ミヒャエルの肉唇を指でまさぐった。

ぐちゅぐちゅと、大切な蕾を、玩具を弄ぶようにまさぐられる。

(ううう…ッ)

抵抗をすべて奪われ、いいように身体を触られる。

それでも、ミヒャエルは背をしならせ、官能に耽《ふけ》っているのだ。

捕虜に拷問を与えるための部屋……。そこで身体を嬲られている、…奇妙な興奮がミヒヤエルを包み込む。それは快楽を増幅させる手段になった。

とろりとオイルが垂らされる。スムーズに指が抽挿《ちゅうそう》される。

「アッ、アッ、アッ」

指がミヒャエルの中の、ある部分の突起を抉る。そこを指の腹で摩擦されると、前で蜜を零している茎に、卑猥な感情が伝わるのだ。強烈な射精感が込み上げる。

(あ、い、いい…っ)

もっとそこを抉って欲しい…。そんな、信じられない感情が浮かぶ。

「ここがいいのか?」

低い笑いとともに、ぐちゅぐちゅとそこばかりを抉られる。

(あ、だめ、だ。やめろ…)

抵抗が弱々しくなる。自分で探ることのできない場所を、男の太い指が抉っている。

「あっ…!　あ」

ロアルドを睨もうとすれば、自分がどんな処置を施されているのか、見えてしまう。

両脚を大きく広げ、その間に男が立っている。狭間には指が埋め込まれている…。

(や、いや、だ…っ)

淫猥すぎる光景を見ていられなくて、ミヒャエルは咽喉を仰け反らせた。その間も、ぐち…っ、ぐち…っと、肉の開かれる音が、両脚の狭間でしている。

鎖に繋がれ、台の上に括り付けられているからだろうか。

寝室で普通に抱き合うよりもずっと、卑猥な姿勢を取らされていることが、快楽という興奮を煽る。鎖に繋がれる屈辱も、今のミヒャエルには、媚薬の代わりになった。

拷問は相手をいたぶるもの…、ミヒャエルは今、ロアルドに大切な部分を好きにいたぶられ、快楽に無理やり落とし込まれ、喘がされていた。

（あ、前も、弄って…くれ…）

下肢から与えられる強烈な快楽と、激しい疼きに、どうにかなってしまいそうだった。ロアルドはまだ、ミヒャエルの前を弄ってはくれない。後孔への愛撫だけで、ミヒャエルを嬲る。

（達かせて、あ…っ）

ミヒャエルは後孔へ指を突っ込まれただけで、射精感をつのらせている。絶え間ない疼きが、大きな波のように身体を襲い、淫靡な快楽に理性をさらわれそうになる。

後少しの刺激で、達けるのに。本当なら指ではなくて、もっと太い物を……入れて欲しい。

（もっと、中を掻き回してく…）

ミヒャエルは、はしたない言葉を口走ってしまいそうになった。秘唇は既に、オイルだけではなく、ミヒャエルの茎を伝わったものでも、しとどに濡れている。

「女でもこうは濡らしはしないな」

ぐちょぐちょにぬめったそこを、指で掻き回される。

(熱い…も、早く、何とかしてくれ…)

感じ過ぎて、身体がどうにかなってしまいそうだった。

甘痒い疼きが、指を突っ込まれた部分を支配している。

「欲しいか？　俺が」

(…欲しい…)

それは、本能から込み上げる、叫びだった。

「欲しいなら、俺が欲しいと…言え。楔を入れて欲しいと、打ち込んで欲しいと、な」

恥辱の言葉をねだるよう囁かれる。肉棒に存分に中を抉ってもらえる…焦らされて熱くなったそこは、硬過ぎる肉棒を埋め込まれることを待ち望んでいる。肉襞を擦り上げられ、摩擦による快楽を送り込まれる愉悦を、既に知ってしまった。花は綻び、肉棒での責めを待っている。…でも。

きゅ…っとミヒャエルは口唇を噛み締めた。噛み締めなければ、今の自分はどんな淫らな言葉を口走ってしまうか分からない。もうミヒャエルの肉茎はぐしょぐしょに濡れ、淡い茂みに白濁が滴っている。蜜は後から後から溢れ出し、官能の強さに溺れていることを、嬲る男に知らしめる。

「まだ、抵抗できるのか？　ここをこんなに濡らしていて」

ぐち…っとさらに大きく、肉裂を開かれる。蜜液とオイルで濡れそぼったそこは、卑猥にぱっくり口を開けている。

「お前がねだらないのなら…これを入れてやろう」

(な…っ！)

ロアルドが取り出したものを見て、ミヒャエルは目を見開く。

王から賜った、守り刀の鞘だった。宝石が、鞘には埋め込まれている。

(まさか、それを私に…？)

いつか責め抜かれた、疣のついた象牙の張形を思い出す。疣はミヒャエルの肉襞に引っ掛かり、強烈に淫靡な快楽を、与えたのだ。

ロアルドが指を引き抜く。口を開けた場所に、鞘の先端が押し当てられる。

「やめ、やめろ…！」

(王から頂いたものを…！)

ロアルドはミヒャエルの誇りも、尊厳も奪うように、…その身体を責め抜く。

「本当は、入れて欲しいくせに」

ずぶりと肉が割られ、鞘が柔らかい場所に侵入を開始する。

「あああっ！」

「音を立てて、旨そうに呑み込んでいるぞ、お前のここは」

さんざん嬲られた花は、柔らかく解れていた。秘芯は易々と、鞘の侵入を許した。

（ああ、やめて、くれ…）

悔しさの余り、初めてミヒャエルは泣きそうになった。胸が締め付けられるように痛む。

ミヒャエルが抵抗しても、ずぶずぶと鞘は埋め込まれていく。長く太い鞘、それはずっぷりと根元まで埋め込まれてしまった。

（王の…ものが…）

王の尊厳を象徴するものを、いやらしい口に入れられる。王の尊厳ごと、今の自分は貶めている。悔しいのに、ミヒャエルの口は、鞘を埋め込まれたとき、満足げに収縮したのだ。

「旨そうに頬張っているくせに。今の格好を、ローゼンブルグの王が見れば、どう思うかな？」

「言う、な…っ！」

今の姿勢…それを想像すれば、羞恥と屈辱のあまり、ぼう…っと目の前が霞む。肉棒どころか、血の通わない鞘をあそこに突っ込まれ、それでも今の自分は牡を勃たせているのだ……。

「これを動かせば、お前はどうなるかな？」

「あ…っ！」

ロアルドはミヒャエルの中で、宝石のついた鞘の抜き差しを始めたのだ。ぬめった場所はすぐに、蕩けたオイルで鞘を濡らす。ぬるぬるの鞘が、中で抜き差しを繰り返される。ぐ…っ、ぐ…っと力を込めて挿入されては、ぎりぎりまで引き抜かれる。

「あ、あああっ、あっ！」

ミヒャエルは淫猥な声を上げた。感じているのが、はっきりと分かる声だ。

自分は…鞘を挿入されて、感じている。しかも、恥部に入れられて、だ。

(私は…王から賜ったもので…)

肉襞に抜き差しを繰り返されれば、背徳めいた快楽が、淫靡さを強調する。

…余計に、感じているみたいだった。

(王よ…)

瞼にこれを受け取ったときの光景が蘇る。希望に胸を膨らませ、使命感に溢れ、瞳を輝かせていた頃の自分が瞼を過ぎる。それらを汚され、ミヒャエルは打ちひしがれる。

「こんなものでも、お前は感じるのか？」

鞘の抜き差しが激しくなる。ミヒャエルが瞼を閉じ、王を思い浮かべているのを見透かしたかのようだった。

ぐちっ、ぐち…っと肉が鞘を包み込む音が、淫靡に耳を突き刺す。

(ああ、いい…っ)

焦らされまくった襞を、擦られる快感は、壮絶だった。…鞘であっても。

しかも施された宝石が、ミヒャエルの襞に引っ掛かり、絶妙な角度でいい部分に当たるのだ。

「やめ…ッ、も、入れる、な…っ」

下肢がずっしりと重い。鞘がずるずると内壁を擦り上げ、ぬちゃぬちゃという水音を立てる。卑猥な音が、自分の口が立てる音だとは認めたくなくて、耳を塞ごうとしても叶わない。

ロアルドはまるで、肉棒を打ち込むように、鞘をリズミカルな動きで抜き差しする。

「こんなものでも、たっぷりと中に入る。もっと突いてやろうか?」

「突く…な…ッ」

体温をもたない鞘なのに、感じてミヒャエルは悶え喘いだ。肉襞の奥に届くたびに、甘だるい痺れに、下肢全体を支配される。ずっぽりと入り込んだ鞘が、ミヒャエルの敏感な部分を擦り上げる。埋め込まれた宝石が媚肉を摩擦するたび、下肢に生まれた激しい射精感が、マグマのように下腹に溜まっていく。

熱い塊が、前から噴き出しそうだった。

ロアルドはミヒャエルが嫌がるほど、鞘の打ち込みを激しくする。容赦なくぐちゅぐちゆと鞘を、ミヒャエルの中で掻き回す。

ミヒャエルの弱い部分を、ロアルドは的確に探り当てていた。そこに大粒のエメラルドが当たるようにして、引っ掻く。オイルに蕩かされた蜜壺は、卑猥なぐちぐちという肉の擦れる音でうるさいほどだった。ミヒャエルは浅ましく腰を振って、与えられる快楽に悶えた。

「あ…ッ、あッ！　ぬ、抜け…っ」

「浅ましい身体だな。これがそんなにいいか？　抜けと言いながら、お前のいやらしい口はこれを旨そうに頬張ってるぞ」

ミヒャエルの菊口は収縮し、鞘の与える快楽を離すまいと締め付けていた。秘口は大きく広がり、鞘を埋め込まれるたびにヒクついて、その大きさに蠢いていた。

「あ、ああ…っ」

ロアルドは鞘でミヒャエルを嬲ることを止めない。

このまま、鞘で達かされてしまうかもしれない。それほどの、壮絶な責めだった。

こんな道具でなど、達かされたくはない。しかも、王からの守り刀で。

守り刀で達く…それは、敬愛する王をも貶める行為だ。王を汚す…それが、ミヒャエルを苦しめている。なのに身体は、背徳の行為にいっそう強く疼き、…感じるのだ。

「もっとこれで、感じるがいい」

ロアルドはミヒャエルの中で、鞘を抜き差しから回す動きに変えた。

「ひう…っ…！」

（あ…っ、す、すご…い…）

わざと、ロアルドは、ミヒャエルの弱い部分を重点的に嬲《なぶ》った。鞘を回しながら、蜜壺をぐり…っと掻き回す。敏感な性感帯を宝石に突《つつ》かれ、ミヒャエルの最奥に、激しい快楽が訪れる。

身体中から汗が噴き出してきた。

「んん…っ…」

（感じる……）

鞘なのに。王から賜ったものなのに。感じて…たまらない。

（こんなことはいけないと、分かっているのに）

悲痛な想いに胸が痛む。背徳を悦びに変える自分が厭わしい。排出口であるはずの後ろの孔に、尊敬する王の、大切な…騎士の忠誠としての魂の部分である、守り刀を挿入される。

ミヒャエルの尊厳も、魂も、恥辱に貶められる。尻の孔を犯される。それだけではなく、王の守り刀で犯され、ミヒャエルは感じ浅ましく腰を振る。

（なのに私は…ああ…っ…ああ）

囚われて以来、毎日のようにロアルドによって身体を開かれていたが、今のような背徳めいた興奮は味わったことはない。自分の都合で、ロアルドはミヒャエルの身体を組み敷いた。そこに、ミヒャエルの都合は存在しない。

「腰が揺れているぞ、ミヒャエル。そんなにこれが気に入ったのか？」

嫌がるどころか、秘芯は旨そうに頬張って…。そして、ミヒャエルは嬉しそうに腰を振っているのだ。

もっと突いて欲しい…。それは激しい衝動だった。宝石が粘膜を擦り上げる刺激が、気持ちよくてたまらない。敏感な部分を、突起がごりごりと刺激する。前に衝撃が響き、ミヒャエルは前を膨らませる。

「ああ…っ…」

そして、ミヒャエルは後ろを鞘に犯されたまま、絶頂を迎えた。

「あ……」

下腹に白濁が飛び散る。ミヒャエルは鞘の刺激で達ったことを知った。

白濁をたっぷりと撒き散らし、下腹が淫靡に彩られる。

「たっぷり出したな。昨夜、私が可愛がってやっただけでは、足りなかったか?」

ミヒャエルが達したことを確かめると、ロアルドは鞘を引き抜いた。ずるり…と体内から鞘が引き抜かれていく。ミヒャエルが感じたのは、紛れもない喪失感だった。

大きく開かれた脚の付け根で、ロアルドが引き抜いたばかりのものをミヒャエルに見せ付ける。それは、ミヒャエルの零したものとオイルで、ぬらぬらと濡れそぼっていた。

その卑猥さに、ミヒャエルは顔を背ける。まるで、粘膜に包まれたばかりの、男の剛直のようだった。

「王のものはずい分よかったらしいな」

「っ!」

ロアルドの嘲笑が、ミヒャエルの胸を抉る。低い笑い…だが、その目は笑ってはいない。

「ローゼンブルグの王に、抱かれた気分にでも、浸っていたのか?」

「王を汚すな…っ」

たとえ、自分はいくら貶められても、己の王が汚されるのは許せない。

「だが、お前は王の守り刀で達った。それは事実だ」

ロアルドの言葉が、ミヒャエルを追い詰める。

「淫乱なやつめ」

自分は、これほどに浅ましい身体をしていただろうか。困惑と恐れが、ミヒャエルの咽喉元まで込み上げる。それに…恥ずかしいのは…。

「鞘では足りなかったか？　お前の口はまだ、恥ずかしげにひくついているぞ」

「見る、な…」

引き抜かれ、質感を失ったそこは、空虚さを感じていた。新しいものを頬張りたいと、綻んだまま待ち望んでいる。…ミヒャエルの中は、いつも何かを、入れられているような気がする。後孔は無理やり異物を含まされ、中を擦り上げられる状態が、普通になってしまった。肉棒を挟んでいなければ、違和感すら感じるほどに。

それほどに激しく、毎日のようにロアルドはミヒャエルを責め立てた。楔を打ち込まれていなければ、肉唇は物寂しいと思ってしまうほどに。そう、ロアルドに躾《しつ》けられたのだ。

「次は…私のもので、可愛がってやろう」

ロアルドがミヒャエルに身体を重ねた。

「やめ、やめろ…っ、来るな…っ」

ミヒャエルのすべてを、ロアルドは陵辱しようとする。征服しようとする。

王の鞘を、最低な方法で使った男に。ミヒャエルの魂を、最悪な方法で踏みにじった男に。

これ以上…抱かれたくなどない。

なのに、自分は最低な男の身体を受け止める。

ロアルドの口唇が、ミヒャエルの突起を包み込む。痺れるような快楽に、ミヒャエルは身悶える。

「あ……」

快楽に染まった吐息が洩れた。憎しみすら感じる男に喘がされて。それが許せない。

男の口唇が、ミヒャエルの胸の突起を含み舐め上げる。びり…っと痺れるような悦楽が走る。

「ああ…」

胸を口腔に含まれ、女のような嬌声を上げている。

「いい声だ、ミヒャエル。ここを舐めてやろうか?」

突起をしゃぶりながら、ロアルドが言った。

「う、う」

粘膜のぬめった感触が突起を包む。時折柔らかく歯を立てられた。すると、甘いだけではなく、淫靡な刺激が胸に走り、ミヒャエルは腰をもぞりと揺らす。

達ったばかりの敏感になった身体を、隅々まで嬲られる。胸を存分に吸われ、舐め回されるのはたまらなく…淫猥で、卑猥な感覚だった。下肢はすぐに強く疼き出し、茎は芯を埋め込まれたように硬くなり始めている。

ぴちゃ…と音を立てて、胸を吸われ続ける。

「あう…ッ」

片方の胸を口腔の粘膜で犯され、もう片方の胸に、ロアルドは指先を置く。指の腹でコリコリと摘み回し刺激を送り込む。両方の乳首を淫猥に苛められ、ミヒャエルは放出寸前まで追い込まれた。

やめろと言っても、毎日のようにロアルドに開かれた身体は、男に抱かれる快楽を、とっくに学びとってしまっていた。こんなふうに男にしゃぶられ、嬲り尽くされ、弄り回されると、たまらない愉悦が込み上げる。

男に、抱かれる。弄ぶように身体を扱われても、ミヒャエルは絶頂を迎える。そして、その愉悦に、身体は悶え綻び、悦ぶのだ。

騎士として尊敬を勝ち得てきた自分が。まさかこんなふうに身体を作り変えられるとは思わなかった。

「いやらしい身体だな、ミヒャエル。これがお前の本性だ。男に抱かれる才能があったんじゃないか?」

自分でも知らなかった性感を開発され、無理やり開花させられる。

男に抱かれることを悦ぶように、貶められる。本当に、ロアルドの奴隷にされたようだった。

「はう、う、ンッ」

悶え、ミヒャエルは腰を揺らした。自分の胸の上に、男が顔を埋めているのが見える。あまつさえ、彼はミヒャエルの突起を口に含み、舐め回しているのだ。紅い舌が、ちらちらと突起の先端を刺激する。

ぎりぎりまで口唇を離すと、尖らせた舌先だけが、ミヒャエルの乳首の先端に触れるのが見えた。紅い舌の先で、自分の突起が、尖りきっているのが見える。ふっくらと充血し、唾液に濡れてぬらぬらと光っていた。ぬめった場所を、再び男が口唇で挟み込む。

強烈にいやらしい、光景だった。嬲られている…その言葉がぴったりの方法で、ロアルドはミヒャエルの身体を味わいつくした。

本当に食物を味わっているかのように、ロアルドは旨そうにミヒャエルの身体を吸い尽くす。ぴちゃぴちゃと、男の舌が自分の身体を舐めている……。

(あ……)

羞恥に頭が真っ白になっていく。

「あ、あ、ん、ンッ」

さんざんミヒャエルに声を上げさせてから、口唇はやっと胸を離れた。

胸の狭間に滑っていく…。そこは、拷問を受けたときの傷がある。傷の上を、舌が滑った。まるで傷口を癒すかのように、何度も何度もそこを舐められた。

「うう…っ…」

痛みはもうない。傷への愛撫ですら、ミヒャエルは吐息を上げた。

それよりも、厭わしいのは、胸の尖りをもう一度舐めて欲しいと願う、自分の身体だ。煽られたばかりの突起は、疼きを覚えている。

そしてもっと、じれったい疼きを抱えているのは、ミヒャエルの下肢だ。

どうしたのだろうか、自分の身体は。そう思うほど、ロアルドに触れられれば、簡単に昂ぶってしまう。この城に捕われてからというもの、ミヒャエルの身体は、達きっぱなしになっているみたいだった。

「…入れてほしいか？」

ロアルドが下肢をミヒャエルに押し付けた。

「あ…っ」

それだけで、恥ずかしい声が洩れた。ミヒャエルはもう何度も達しているが、ロアルドはミヒャエルの中でまだ、一度も達してはいない。

鞘ではない、肉欲的な男の勃起したもの。それをミヒャエルは捻じ込まれることを渇望している。

早く捻じ込んで欲しくて、たまらなくなる。

渇望を満たすためならば、どうされてもいいとすら、ミヒャエルは思った。けれど。

脳裏に焼き付いた先ほどの光景…ぬめった鞘が、ミヒャエルの胸を凍らせる。

「絶対に、嫌だ…！　ああっ！」

拒絶の言葉を迸らせた途端、ミヒャエルの中を硬いものが押し広げた。

「あ、ああッ、ん、ふ…ッ、あっ！」

ミヒャエルは身体を揺さぶられ、断続的な嬌声を上げていた。

「欲しかったんだろう？　これが」

ロアルドが激しく腰を打ち込む。

「く…っ、う、あ…っ」

この、身体の中を擦り上げるものは何だ。

ミヒャエルはそれが男の猛ったものだとは認めたくはなくて、顔を背ける。

「熱くて気持ちいいな、お前の中は」

含んだ笑いが、耳朶《じだ》を掠める。熱いというなら、ぴったりと重なる男の身体だって熱い。

だが、引き締まった彼の下腹の前で、そそり立つものはもっと熱い。割れた腹筋は逞しく、
その肉体から想像できる強靭な腰の動きで、ミヒャエルの双丘を割り開き、力強い律動を
送り込んでくる。ミヒャエルの蕾は蕩け切り、太い剛直を頬張り、あまつさえもっと快楽

を味わおうと、男の下腹に双丘を押し付けようとしてしまっている。

「欲張りだな、お前のここは。入れてもらっただけでは足りなくて、自ら締め付けてくる」

「ふ、う…っ」

吐息が触れるだけの感触にすら感じて、ミヒャエルの肌がぶるりと震える。

狂おしいほどの快楽を自分にもたらすものの正体は、同じ男のものである肉塊だ。

それは深く自分に埋め込まれたまま、長くミヒャエルを啼かせ続ける。

「ああ…っ、あ、く…っ」

――もっと…強く、突いてくれ…っ…。

嬌声だけではなく、もっと恥ずかしい言葉を口にしてしまいそうになって、ミヒャエルは慌てた。

思い切り掻き回され、乱れて達きたい。

滅茶苦茶に突き上げられたい。

「もうこれなしでは、いられないんだろう？」

そうかもしれない。

肉欲を暴かれ、ミヒャエルは啼いた。ロアルドがいやらしい動きで腰を回す。

男は、捕えた自分に、一番の屈辱を与える方法を選んだ。

ロアルドは、わざと繋がっている部分を、ミヒャエルに見せ付けた。

「はう…ッ、う」

自分の中を、ずるずると赤黒い剛棒が出入りしている。それは信じられないほど太く、大きい。けれど自分の肉唇は、熱杭を咥え込み、柔軟に責めを受け入れる。出し入れされ、激しく腰を打ち込まれる動きを、見せつけられる。卑猥すぎる光景を見て、ミヒャエルの前が揺れる。激しい射精感が込み上げる。疼きを伴った強烈な痺れ…悦楽が脳髄にまで響く。

(私の、場所に…あんなものが)

目が、離せない。

いやらしすぎる光景が、ミヒャエルの快楽を増幅し、強烈に淫靡な快楽が、何度も何度も下肢に押し寄せる。

男を咥え込み、浅ましく腰を振る自分が見える。

男のいいように身体を使われているというのに、恥辱を味わうどころか快楽を貪欲に求めている。

もっと深い快感を与えてくれるのなら、好きにこの身体を使っていいとすら思う。

後孔からは、既に飲み込みきれなかった蜜が滴っている。

それほどに、大量に男の精液を、ミヒャエルは注がれていた。

男を受け入れられるとは思えなかった部分は、柔らかく解れ、いまやロアルドの聳《そび》え勃つものを、柔軟に受け入れている。それどころか、固いもので突き上げられないと、ミヒャエルはもう達くことができなくなってしまっていた。

「あ…っ…」

男のものとは思えない甘い嬌声が、耳にこびりつき、羞恥をいっそう強く掻き立てた。好きでこんな声を上げているのではない。だが、止めることができない。

「は…ン…っ」

鼻に掛かった声はねっとりとした媚態を含んでいる。

まるで、貫く男に媚びるように。

腰をくねらせながら、淫蕩に男根をしゃぶり尽くす。

「そこらの女より、よほど色っぽく啼くな、お前は」

「く…っ…」

(気持ち、い…っ、い。あ、感じる…)

抵抗に強張っていた身体から、力が抜けていく。力の抜けた身体は、男の突き上げを受け止めるだけになる。強張りが抜ければ、ロアルドの与える感覚を、素直に受け止められるようになる。感じることに素直になる。いっそう…深い愉悦にたゆたう。

(も…っと、擦り上げて欲し…)

ぐう…っとロアルドのものが、中で膨らむ。その後、精液を叩き付けられる激しい快楽、それをミヒャエルは心の底で、期待してしまった。中で出して欲しい。肛裂がぐ…っとロアルドのものを締め付ける。

『中で、出して欲しいんだろう?』

その言葉どおりのことが、自分の身体に起ころうとしている。もっと熱い飛沫を注いで欲しい。熱い飛沫を中で放出される快感は、肉襞を擦り上げられる快楽とは別に、生々しい悦楽を含んでいる。

「もう一度、達ってみるか?」

ロアルドが腰の動きを速める。

(…い、達く…っ!!)

「お前を達かせた男が誰なのか、覚えていろよ」

「あ、あああっ…!」

身体を逃がそうとすると、拘束された腕を、さらに上から抑え付けられた。

抵抗を全く奪われた姿で、男に最後の砦《とりで》を奪われる。精液で身体の最奥を汚される。

大切な部分を敵に差し出し、楔の侵入を許し、中を抉られる。恐怖すら感じる行為が、日常的に繰り返される。そして敵はミヒャエルの中で、楔を動かし、欲望を満たし果てるのだ。

「あ……」

熱い精液の迸りを体内に注ぎこまれるのを感じながら、ミヒャエルは初めて絶頂を迎えながら意識を飛ばした。

＊＊＊

「ライフェンシュタインが、我が国がミヒャエル殿を捕えたことを、独自に突き止めたそうです」

部下がロアルドに報告する。ロアルドは眉を顰めた。

「それで？」

「ライフェンシュタインは、ローゼンブルグを当国が征服し、属国扱いするのを、当然ながらよくは思っていません。ライフェンシュタインもローゼンブルグを狙っていますから」

ローゼンブルグを制すれば、今後の経済活動も、有利になるはずだった。大国に狙われながらも独立を保っていられたのは、ミヒャエルのような有能な騎士の活躍による。

ライフェンシュタインと、ブリスデンは、その兵力も経済力も拮抗している。ローゼンブルグを手に入れた方が、一気にその勢力を伸ばすだろう。

だから、どちらも隙あらばローゼンブルグを手に入れようと、狙っている。ローゼンブルグは弱小国ながら、独立を守ろうと必死だ。そのために、ライフェンシュタインに助けを求めた…同盟国として、ローゼンブルグはライフェンシュタインを選んだ、それが、ブリスデンには問題なのだ。

ブリスデンも、ローゼンブルグを手に入れたいと思っていたのだから。

拮抗していた勢力が、崩れる。

ライフェンシュタインに助けを求める役割を担《にな》ったミヒャエルを、ロアルドは捕える必要があったのだ。ライフェンシュタインとローゼンブルグが、手を組んでからでは遅い。

「ローゼンブルグの騎士であるミヒャエル殿を捕えたことで、ローゼンブルグはブリスデンに降伏するのではないかと、噂されています。ライフェンシュタインは密かに、ローゼンブルグに協力を申し出たそうです」

「…そうか」

ロアルドは椅子に深く腰掛ける。

ミヒャエルを捕えたものの、期せずして、ローゼンブルグの最初の思惑を助けることになったらしい。結果としてだが、ミヒャエルは密書を届けずとも自分の身で、国の危機を救うことになる。

「ライフェンシュタインはミヒャエルのことは？　救い出す条件をつけてでもいるのか？」

「特に何も、条件として提示してはいないようです」

「当国がローゼンブルグを手に入れるのを、手をこまねいているつもりはない、というだけか。ローゼンブルグを助けるという気持ちより、ブリスデンが有利になる、ライフェンシュタインに不利に働くのを阻止したい、ということだな」

「…ええ。その通りだと思います」

「分かった。…下がれ」

「は…」

部下が執務室を出て行く。

ローゼンブルグはライフェンシュタインの助けを、受け入れたのだろうか。

(…ここには、ミヒャエルがいるのに)

両国が衝突すれば、真っ先に殺されるのは捕虜だ。嬲り殺されても文句は言えない。ミヒャエルはいわば、今のブリスデンにとって、人質のようなものだ。

人質がこちらにいるのが分かっていて、敵国に助けを求めるということは、ミヒャエルは身を投げ出してでも守りたかった国に、見捨てられたことになる。

(いや…それとも、もう生きてはいないと思われているのか…)

捕虜を返した時、無事を知らせたものの、いつまでも敵に捕われたミヒャエルが、無事でいるとはローゼンブルグも思ってはいないに違いない。

ミヒャエルを助けたくとも、誰も助け手はいない。ミヒャエル以上に有能な騎士を、ローゼンブルグは持たないのも事実だ。ミヒャエルを助けるために、他国に助けを求めなければならなかった…のかもしれない。

王から貰った守り刀、…それは美しい装飾がなされていた。エメラルドやルビー、翡翠《ひすい》やダイヤモンドが散りばめられていた。その装飾だけで、王がどれほどミヒャエルを大切に思っているかが分かる。

ミヒャエルはロアルドの身体の下で、鞘を埋め込まれたとき、かつてないほど嫌がっていた。

だからこそ、…男の征服欲を煽るのだ。王に心を奪われたままの男を、忠誠を誓った男を、屈辱に貶める。いくら他の男に心を奪われていても、今ミヒャエルを抱いているのは、自分だ。身体だけでも。抱いている間は、ミヒャエルは自分のものなのだ。

（身体は素直だな）

ロアルドに抱かれ続けたミヒャエルの身体は、最初こそ嫌がりはしたものの、肉欲に溺れ鞘の刺激にすら悶えた。最奥まで埋め込まれても、柔軟に肉壺は口を開いてみせたのだ。

王の守り刀を埋め込まれても感じて…彼はどんな気分だったろうか。

ロアルドはミヒャエルを抱いた後、気を失った彼の隣に、鞘をわざと残してきた。

目が覚めた後、どんな反応をしただろうか。

高潔な目をした騎士の、悔しげな…けれど傷ついた顔が浮かんだ。

＊＊＊

目が覚めた時、ミヒャエルは隣に守り刀があるのを見つけた。鞘だけで、刀剣はない。

（あ……）

王から賜った時の、高揚感を思い出す。なのに。

これで、昨夜の自分は、死ぬほどの快楽に悶えたのだ。

見ていられない。あれほど大切に思っていたものなのに、見たくもない気分にさせられる。

何度も抜き差しされ、ミヒャエルは腰を振り、喘いだ。

許せない、幾度となくその言葉が込み上げるが、今の自分には何もできない。けれど、ただ手をこまねいているわけではない。どうすれば部下を連れて逃げ出せるか、ベッドでそれだけを考えている。彼らの信頼を踏みにじることだけはしたくない。

（それに、今頃陛下はどうしているだろうか）

ミヒャエルが陛下と呼ぶのはただ一人だ。賢王の聡明で優しげな顔が浮かんだ。使命を果たせなかったことが、苦しい。

今まで、ミヒャエルは確実に任務をこなしてきた。味方は軍神のように、崇《あが》める者もいた。ミヒャエル自身もそれを自覚し、行動してきた。ブリスデンの兵など、倒すに容易いと思っていた。培《つちか》われたプライドと実績に基づく自信、それを根底から覆したのが、ロアルドだったのだ。

(絶対に、あんな男など、認めるわけにはいかない)

卑怯で、狡猾《こうかつ》な男。騎士道精神の風上にも置けない男。

きつく、指先を握り締めようとして、柔らかい感触が身体の下にあるのに気付く。

「ここは…」

はっと身体を起こせば、狭いがベッドに横たわっていたことがわかった。

拷問部屋の台の上ではなかったのはいいが、ここはどこだろうか。

ミヒャエルは簡単なナイトガウンのようなものを着せられていた。今まで衣服すら与えられなかったのに、どういうことだろうか。

裾を踏まないようにして、ミヒャエルは床に足をつく。見渡せば、狭い空間だった。天井が円形になっている。窓は一箇所だけだった。窓に歩み寄り、外を見た。

眼前に空が広がる。恐る恐る視線を落とせば、眼下に歩く人間が小さく見える。

「何だ…」

高い。自分が塔らしきものの頂上にいるのが分かる。

寝室ではまた逃げ出すと思われたのか、高い塔の上に閉じ込められたのだ。ここならば、どれほど長いはしごを伝っても、降りることはできない。

窓から顔を出して下を窺うが、足を掛けられそうな石もない。どうあっても、飛び降りる以外、ここから出る方法はない。しかも柵が縦に嵌められ、顔は出せるものの身体全体が出られるほどの隙間はない。

寝室にいるよりも、より分が悪い。気を失っている間に、連れてこられたのだろうか。

ここでは、部下を助ける以前に、自分が脱出できるかも怪しい。

柵に手を掛ける。かちゃりと背後で鍵が開く音がした。

「ロアルド…」

「元の場所では、いつ逃げ出すか分からないからな」

「それでわざわざこんな場所に私に会うために来たのか？　王自ら、ご苦労なことだな」

相変わらず、口を開くたび出るのは、互いを挑発し合う言葉ばかりだ。敵わずとも態度では対等でいたい。

「今日はいい知らせだ」

ロアルドがどっかりと今までミヒャエルが横たわっていた場所に座る。

「いい知らせ？」

「ライフェンシュタインが、ローゼンブルグに、援助を申し出たそうだ」

ミヒャエルは目を見開く。単刀直入な言い方で内容を告げられ、驚きを覚える。

「援助を？　ライフェンシュタインが？」

ミヒャエルが求めずとも、ライフェンシュタインが動いた…？

「ローゼンブルグは受け入れたらしいぞ」

「…そうか」

静かに、ミヒャエルは頷く。覚悟はしていた。

「それだけか？」

ミヒャエルの反応に、ロアルドは不満そうだ。

「他に何を？」

ロアルドは自分の反応に、何を期待しているのだろうか。

「王が決めたことならば、それに不服を唱えるつもりはない。…ライフェンシュタインが、我が国を守る手助けをしてくれるなら、それでいい」

「相変わらずだな、お前は」

ゆらりとロアルドがベッドから立ち上がる。近づく身体に、ミヒャエルは身構えた。

「お前がここにいるのに援助を受けるということは、捕虜は見捨てられたのだということでも？」

「分かっている」

ミヒャエルは即答した。

「もとより任務を失敗し、捕われたときからそれは覚悟していた。このまま屈辱を受けて生き恥を晒すより、一思いに殺せばいい」

本気でそのつもりだった。もう二度と、目の前の男に、抱かれなくてもいいのだ。この男に抱かれるのは、身体よりも、心が苦痛だった。その苦しみから解放されるなら、たとえ、…命を落としても。

さもないと、不安だった。快楽に溺れ恥辱すらそのうち、感じなくなるのではないかと。

「お前にそう言われると、…腹が立つな」

ロアルドの腕がミヒャエルに伸ばされる。ミヒャエルの腕を摑んだ。

「あ、う…っ」

引き寄せられる。次の瞬間、塔の壁に背を押し当てられた。両腕を壁に張り付けられ、壁と、ロアルドの間に、身体を閉じ込められる。

まるで、口唇を奪われるような仕草で…顔が近づく。

また、挑まれるのだろうか。何度身体を征服されようと、ミヒャエルの心は変わらない。無礼だと憤られ、殺されることになっても、ミヒャエルは態度を変えるつもりはなかった。

＊＊＊

『一思いに殺せばいい』

そうすれば、二度と抱かれなくてもいい、ミヒャエルがそう考えていることなど、ロアルドには手に取るように分かる。

「まだ、私を殺さず嬲るつもりか？」

ミヒャエルの身体を追い詰め、身体を重ねれば、その先の行為が予測できるのだろう。ミヒャエルの身体も熱を孕《はら》む。だが、欲望に負けない意志を、ミヒャエルは持つ。

「さっさと、殺せばいい」

死んでもいい。その覚悟を、ミヒャエルは最初からロアルドに向ける。

殺されてもいいと、ロアルドに重なった口唇が告げる。

ロアルドの下で熱くうねる身体…それが、冷たく消えてもいいと。

ロアルドは彼の手首を押さえる掌に、力を込める。

「もう、私の役割はない。ライフェンシュタインがローゼンブルグに援助を申し出たのなら、こんな醜態を晒しながら、生きながらえずともいいということだ」

我慢に我慢を重ねていた、そう告げる強い眼光が、ロアルドの胸を射抜く。

王のため、嫌々ながら抱かれてやっていたのだ、そうミヒャエルが眼で告げる。

「もし殺さないのならば、私はこのまま自害して果ててもいい」

死ぬ、その言葉を、軽々しくミヒャエルが告げる。

強情な男だ。本当にこのまま、命を断つかもしれない気配を孕んでいた。

この男ならやりそうだった。

ロアルドを見つめる力強い瞳、それが…消える。

(そんなのは許せない)

絶対に。

「俺を怒らせていいのか?」

「何?」

「戦争を仕掛けてやろうか? 捕えてあるお前の部下たちも、殺してやろうか? お前が俺を怒らせたことで、民たちが迷惑を被るんだ」

迫力があると言われる眼光で、ミヒャエルを見下ろす。態度では対等であろうとしても、こうして見下ろせるほど、やはり、ミヒャエルは自分よりも背は低い。捕えてから戦いに出ることもない身体は肉も落ち、ロアルドの腕を押し戻すこともできない。

摑んだ手首は細かった。

「自分の立場を忘れたのか?」

王の命令も大切だが、捕虜たちの命乞いをするためにここにいること……それを思い出させる。自覚を促すように念を押せば、はっとミヒャエルは顔を強張らせ、口を閉ざした。瞳が揺らめく。初めてロアルドを見た時の、印象的な瞳の色が、…す…っと逸らされる。瞳が伏せられた。

「お前が素直に抱かれている間は、捕虜も無事だ」

「……」

ロアルドが押さえている、ミヒャエルの手首から、力が抜けていく。

「自分だけが殺されるならいいと思ったのだろうが、他にも捕虜がいることを、忘れるなよ」

ミヒャエルから抵抗が失われると、強引にその口唇を奪った。

それは熱い。ロアルドが深く口唇を重ねると、びくんと身体が跳ねる。ロアルドの愛撫に、すぐにミヒャエルの身体は素直な反応をする。

「ん…っ」

熱かった。重ねられた口唇も、洩れる吐息も。

味わった口唇は甘い。味わった身体も。

その日、ミヒャエルはロアルドの身体の下で、口唇を噛み締めず…抵抗はしなかった。

「捕虜が助かるか否かは、お前の態度次第だ」

そう告げれば、ミヒャエルは抵抗しなかった。

＊＊＊

「……」

ロアルドは塔の寝台に横たわる。上体を起こしたまま、足を投げ出す。片膝を立てて、背を軽くもたれた。尊大な態度を向けるロアルドの足元に、ミヒャエルが膝を着いて、寝台に乗り上げた。

ぎ…っと音がして、足元が沈む。ミヒャエルは、ロアルドの足元に四つん這いになる。下肢を覆い隠す胴着を持ち上げる。ごそ…っと布が擦れる音がした。中のものを取り出すとき、一瞬、ミヒャエルの手付きに躊躇が滲む。戸惑うように動きが止まったが、ロアルドが無言で先を促せば、諦め、覚悟を決めたように、服の中のものを握る。

直にミヒャエルの掌が、ロアルドのものに触れた。咥えろ…そう命令せずとも、ミヒャエルはロアルドのものを口に含む。

いつも憎まれ口しか叩かなかった口唇が、ロアルドのものに触れる。

「ん、ん……っ」

ミヒャエルが素直に、ロアルドに奉仕する。紅い口唇が、ロアルドのものを咥える。

塔に閉じ込めてから、既に一週間が経つ。その間、ロアルドはミヒャエルの捕虜を人質にし、ミヒャエルに自害を許さなかった。

それ以来、気の強さはなりをひそめ、ミヒャエルは打って変わって大人しくなった。口唇に肉杭を打ち込めば、ミヒャエルは眉を寄せたものの、それだけだ。

勃ち上がり始めたものに、ミヒャエルの舌が這う。唾液が絡みつく。

整った顔立ちが、いやらしげな動きでロアルドの肉芯を舐めるのは、ロアルドの征服欲を満足させた。

「…入れてやる。来い」

言えば、素直にミヒャエルは従う。咥えたものから口唇を外す。口角に零れ落ちた雫を手の甲で拭い、ロアルドの横に来る。ロアルドはミヒャエルの身体を、自らの身体の下に組み敷いた。

熱い身体が、ロアルドの下にある。

「脚を開け」

命令すれば、ミヒャエルはもう逆らわない。

おずおずと、ゆっくりだが脚を開いていく。ミヒャエルは目を閉じ、挿入の瞬間を待つ。大人しいミヒャエルの両脚を、ロアルドは抱えた。楔を蕾に押し当てれば、衝撃に耐えるように眉を寄せる。ロアルドはミヒャエルの中に、楔をゆっくりと突き入れた。

すぐに緩く抜き差しを始める。

「あっ、あっ……」

ミヒャエルは口唇を噛み締めずに、素直に声を上げた。

従順な態度で。今のミヒャエルは、ロアルドが何を命令しても、従うようだった。

睨み付ける表情しか向けられたことはなかったのに、今のミヒャエルは人が変わったようだった。

この一週間、すべてを諦めたかのように、身体を開く。

「どこがいい？」

「…そこ、が、い、…あっ」

ロアルドが訊ねれば、答えが返される。

「感じているんだろう？」

淫らな反応を揶揄しても、こくりと頷きが返されるだけだ。

それどころか、いやらしげな言葉で、ロアルドをねだる。

「あ、もっと、突いて…」

ロアルドがあれほど、己を欲しがる言葉を強要した時、ミヒャエルはきっぱりと撥《は》ね付けた。なのに今のミヒャエルは、ロアルドが焦らし淫獄に貶めずとも、望んでいた反応をする。

「お前が俺を楽しませている間は、捕虜は無事だ。覚えているな？」

「ん、…っ。もっと、強く、欲し……」

ロアルドが皇帝であるというだけで、素直に脚を開く女を、抱いているようだった。

「どうした？　お前が自ら足を開くなんて。いいのか？」

「んっ…いい…ああ」

ミヒャエルの腰が自ら揺れる。まるで、本当に欲しくてたまらないように。

抵抗をしなければ、ロアルドも的確に、ミヒャエルの弱い部分を責めることができる。

律動を送り込めば、ミヒャエルの肉襞もダイレクトに快楽を味わうことができるのだろう。以前よりもずっと、敏感になっているようだった。

包み隠さない快楽に染まった身体の反応を、ロアルドは受け取ることができる。

「本当か？」

「もう、感じ過ぎて…、あ」

感じているように、ミヒャエルの頬が上気している。瞳は潤み、喘ぎ続けた口唇は誘うように蜜に濡れている。いやらしげな顔だった。

ロアルドが見下ろしても、ミヒャエルは痴態を隠すこともない。ぞんぶんに嬌声も聞かせる。そして男に突き上げられて、揺さぶられ眉をひそめる表情も、快楽に蕩けそうな淫靡な表情も、すべて嫌がることなくロアルドに晒す。

受け入れる前には、必ずロアルドのものを咥え、大きくすることを強要した。

ミヒャエルは従順に、ロアルドに抱かれるようになった。

強く肉棒を出し入れし、中に放出する。

「あ、あああ！」

ロアルドの身体の下で、ミヒャエルの肢体がヒクリと痙攣する。己の突き入れに、ミヒャエルが反応する。彼を抱いているのだと、実感できる。だが従順な反応は、まるで人形を抱いているようだった。何を言っても、ミヒャエルはロアルドの言いなりだ。

ロアルドが望んだ通りの反応を、ミヒャエルはしようとする。身体を離すと、ロアルドはミヒャエルの隣で起き上がる。

「気に入らないな」

「…え？」

横たわりながら、快楽の余韻に浸《ひた》っていた表情が、初めて不安げに曇る。

「気が失せた。…俺を楽しませられなかったな。お前の部下を一人殺そう」

ベッドから下り、床に散らばっていた衣服を、簡単に身につける。

その時、ミヒャエルが、はっと顔を上げた。強く抱かれたばかりで、思うままにならない身体を、それでも上体を必死に起こす。

「ロアルド…！」

外に向かおうとするロアルドを、ミヒャエルが引き止めるように叫ぶ。

「約束が、違う…！」

ミヒャエルが食って掛かる。気の強い瞳が、ロアルドを睨みつけていた。

今までの、潤み感じきったように細められていた弱々しい瞳の気配は、微塵もない。

「やはり、それが本当のお前だな」

これが、ロアルドは見たかったのだ。睨みつける瞳に、眩暈がするほどの高揚感を覚えた。自分が対等な人間だと認めた程の男だ。この位骨がある男でなくてはつまらない。

ミヒャエルの考えなど分かっていた。大人しくしていたのも、すべて演技だ。

つい、激情を逆らせてしまったただろうミヒャエルの表情が強張る。しまったと言いたげに、顔が歪められた。

ロアルドは寝台に戻ると、ミヒャエルの上体を引き倒す。

「人形のようなお前を、抱いていてもつまらない。何か企《たくら》んでいると思ったが、そういうことか」

ミヒャエルは部下のために、従順な振りをしていたのだ。自己の意志を捻じ曲げられても。

ずっと、待っていた。こんな男を。

本音をぶつけ合い、全てをさらけ出し、渡り合える相手、ロアルドの片腕になりえる相手、それがこうして身体をも重ね合わせることができるとすれば、最高ではないか。

彼が心から自分のものになったら。彼のような男と共に人生を歩むことができれば。

支配者であり最高権力者であるロアルドが、唯一手に入れられず、そして一番望む存在が、目の前の男だ。

力も頭脳も何もかもが、ロアルドと対等な男。どんな任務であっても作戦であっても、そして目標であっても、それにかかわる全員が同じ方向を向き、同じ努力をしなければ良い結果には結びつかない。

彼のようなパートナーと同じ目標を抱くことができたなら。

最高の人生を歩むことができる。

今はまだ、敵であっても。

「騙《だま》したな！」

もう一度、ミヒャエルの身体を、己の身体の下に引き戻す。ミヒャエルの身体を開こうとすると、激しい抵抗にあう。

意図をロアルドに知られた以上、ミヒャエルにはもう、演技をする必要はない。

「やめろ…！」

ミヒャエルが暴れた。腕が、ロアルドを押し返そうとする。強引なロアルドの腕の中で、ミヒャエルが激しくもがく。

今までの従順さが嘘のように、渾身の力でロアルドを押し戻す。

それを、無理やり抑え付け、両脚を開く。

「やめ、やめろ…！　あ…！」

強引に侵入を開始し引き裂けば、ミヒャエルの瞳が大きく見開かれる。挿入の衝撃に、ミヒャエルの身体が硬くなる。その身体には柔らかさも甘さも、微塵もない。

見開かれた瞳が、突き上げれば、苦しげに歪められる。まるで、陵辱を受け入れさせられる、表情だ。切なげに見える表情は、見るものに憐憫《れんびん》の情を呼び起こす。

「あ、いやだ…！　あ、いや、やめ…」

身体を強引に進め、激しく揺さぶれば、もうミヒャエルからは拒絶の言葉しか洩れない。

「…あ…っ、ぁ」

けれど弱い部分を剛直で擦り上げれば、ミヒャエルの口唇からは官能の吐息が洩れ始める。

「う…」

嬌声を聞かせまいとするかのように、ミヒャエルは口唇を自らの掌で塞ぐ。ロアルドの愛撫の何もかもを、ミヒャエルは否定しようとする。反応していることも、知られまいとする。言いなりにならない身体は、ロアルドのいっそうの劣情を煽るだけだ。

「やめ、あああ…っ」

その日、最後まで、ミヒャエルは抵抗の言葉を、止めなかった。

＊＊＊

ミヒャエルは塔で、一日を過ごしていた。三度食事は運ばれ扱いは悪くはないが、逃げることはできない。

ナイトガウンを羽織り、窓際に立つ。淫靡な快楽の余韻を残した動作は、酷く気だるげだ。

「お下げいたします」

食事の載ったトレイを、侍女が下げていく。あまり手をつけていない食事を引き取ると、扉はすぐに閉められる。扉の外には、彼女を守るように、屈強な兵士が控えていた。

それからいつも、ベッドで身体を休ませる。束の間のまどろみに浸れば、窓のついた扉の隙間から囁きが聞こえてくる。

「殆ど召し上がらなくなって。いつも食事を残されてしまいます。さすがに扱いが酷なのでは…」

侍女の声だった。

「陛下は捕虜に対し、いつもはこのようなことは決してなさらないのですが…」

「ええ、私も驚いています」

（いつもと違う？）

聞こえてくる会話に、ミヒャエルは眉を寄せる。

『いつもはこのようなことは決してなさらない』

（本当か…？）

あの、卑怯な男が。ロアルドは人質を取り、脅迫する男だ。人の弱い部分に付けこむ、鼻持ちならない男だと思っていた。常時このようなことをする男なのだと、思っていたのに。

「ミヒャエル殿がいる限り、ブリスデンの民は平穏な気持ちではいられません。彼を捕えたお陰で、私も息子を戦いに送り出すたび、不安な気持ちを抱かずとも済むようになりました。どんな手段を使ってでも、陛下が我々の身を守ってくださる…それには感謝しておりますけれども」

「ローゼンブルグがライフェンシュタインと手を結べば、我が国にとってライフェンシュタインがいっそうの脅威になります。今回のなさりようは、我々のためにはありがたいのですが…。ですが、その捕虜の方を閉じ込めるだけではなく、ミヒャエル殿へのなさりようが」

「ええ。部下の方を心配して、陛下の元を抜け出されたのでしょう？　だからといって、それ以来ずっとここに閉じ込めておしまいになって」

ミヒャエルの胸が痛む。

自分が捕えられたことは、殆どのブリスデンの民にとっては喜ばしいことだ。

ただ、自分へのロアルドの仕打ちは許せないと思った。

(でも、私はどうだろうか)

もし、ブリスデンの使者を捕えたら、それが自国に損をもたらすものだったら、彼を自国のためという大義名分の元に、彼の口を割らせるために、様々な方法を取ったかもしれない。

「酷い拷問も受けられたとか。食欲がないのは、その時の傷が酷くなっているのでは…?」

心配げな声だった。

「医師に診《み》せた方がいいと、進言してみましょうか」

口を割らせるための拷問…それは、仕方のないことだったかもしれない。戦いの中に身を置く者として、自国に有利になる手段を、ロアルドが取らなければならないのは、理解している。

「民を守るために、非情にもならざるをえない。その役割を、陛下自らが担ってくださっている。それは私たちは感謝してますけれど」

(……っ)

『民を守るために、非情にもならざるをえない。その役割を、陛下自らが担ってくださっている』

その言葉が、ミヒャエルの胸を突き刺す。

初めて、ロアルドに感じた、苦味だった。

だからといって、彼のやり方を、認めたわけではない。

その方法が問題だった。慰み者にして、屈辱を与える…それが許せない。

複雑で、様々な想いが胸を去来する。

身体は抱かれ疲れているのに、いつまでも目が冴えて、眠れなかった。


夜になれば、ロアルドがミヒャエルの元を訪れる。

ミヒャエルを抱くために、塔の頂上まで訪れるのだ。

……それからは、ただ、抱き合う時間だ。

ロアルドが己の肩からローブを落とす。

バサリ…。布が床に落ちる音が、妙に大きく胸に響いた。

鍛え抜かれた身体を隠そうともせず、ベッドで待つミヒャエルの元に、ロアルドがやってくる。

筋肉質の、逞しい身体だった。ただ人の上に立ち、安全な場所で戦いに高見の見物を決め込むのではなく、鍛え抜かれた戦う男の身体をしていた。しかも、彼の身体には、無数の傷跡がある。戦いに出向いた証拠と、無事に戻ってきた…戦いに勝った実績を付けた身体だ。

もし彼が自分を抱く…のでなかったら、浮かび上がる肉体を、惚れ惚れと見つめてしまいそうになる。官能的で、頼もしい雰囲気をまとっている。

（……）

その場に立っているだけで、ミヒャエルは妖しく淫靡な気持ちを味わわされる。

頬が勝手に染まるのが分かった。

ミヒャエルは戦いで勝利を収めた実績を持ってはいるものの、彼のようなずば抜けた力強さは持ってはいない。ミヒャエル自身も力が弱いほうではないと思っていたし、自分の力に自信は持っていたが、上には上がいるということを、この数週間で、嫌というほど思い知らされた。

すべての自信を覆された相手が、ロアルドだ。

自分の憧れをまとった男が、目の前にいる。

「今日も戦いに出たのか？」

「気になるのか？」

「別に」

「ただ、前線に赴《おもむ》いただけだ。剣は交えていない」

ロアルドがシーツに身体を潜り込ませる。上体をベッドヘッドにもたれさせ、ミヒャエルを、腕に抱き込んだ。

広い胸だった。抱き寄せられ、ロアルドの胸に頬を押し当ててしまう。

細かい無数の傷が見える。

戦いで、ついたものだろうか。しかも今の言葉からすると、ロアルドは王でありながら自ら前線に赴いているらしい。前線まで行きながら、その距離を往復し、夜になればミヒャエルの元に必ず戻る。ずい分ご苦労なことだと、冷ややかな気持ちでロアルドを見つめる。前線まではかなりの距離があるはずだ。なのに自分の元に戻ってくる。そして、自分を抱き締める。そう思ってしまえば、甘酸っぱい気持ちが込み上げるのはなぜだろう…？

身体についた傷が、ロアルドの言葉が嘘ではないことを表している。

自分の仲間が彼を傷つけた…？

表情が曇り、ミヒャエルははっと我にかえる。ロアルドを傷つけるのは、喜ばしいことではないか。なのになぜ、彼の傷に胸が疼く気持ちを覚えるのか。

ロアルドがミヒャエルの肩を抱き寄せたまま言った。

「お前の国の兵は傷つけていない」

「そうか？」

ミヒャエルの曇った表情を、自分の国の仲間を傷つけられたのか心配したのだと、ロアルドは思ったらしい。

ふと、思う。

なぜこの男が、ミヒャエルの仲間を気遣うのかと。今の言葉はまるで、仲間を心配するミヒャエルの気持ちを、思いやるかのようではないか。

抱き寄せられれば、体格の違いが分かる。自分に回る、ロアルドの腕を見た。日に焼けた肌だ。逆に閉じ込められたミヒャエルの肌は、ずい分と白くなった。

…胸が痛む。

自分と、ロアルドの差が、どんどん開いているような気がする。

最初は、心だけでも負けたくないと思った。

けれど今、前線に彼が出ていると知った時、ミヒャエルの中に彼に対して生まれたのは…尊敬…だったかもしれない。

「…やはり、ローゼンブルグがライフェンシュタインと手を結んだら、ローゼンブルグに攻め込むのか？」

ローゼンブルグの兵たちは、戦意を失っているという。今攻め込まれれば、ひとたまりもないだろう。

「いや、今はそのつもりはない」

「なぜ?」

ミヒャエルは眉をひそめた。

自分ならば今は絶好の機会ととらえるはずだ。しかも、ローゼンブルグがライフェンシュタインと手を結んでしまっては遅い。その前に動く必要があるはずだ。

「今攻めれば、確かに勝つことはできるだろう。だが、今は時期ではない」

「どうして?」

「お前はこの国の季節を知らないだろうが……。今、この国は農繁期に当たる。一年掛けて育てた作物を、収穫するほうが先だ。むやみに戦いに勝利しても、その後に食糧がなければどうにもならない。彼らの一年に亘る努力を、無駄にさせたくはない」

(え……)

低い声が、ミヒャエルの耳に沁み込む。

今の言葉を、この男が言ったのだろうか。

ミヒャエルは驚く。もう一度、嘘ではないかと、確かめたくなる。

「どうした?　俺がこんなことを言うのはおかしいか?」

自分を見下ろす瞳が、いつの間にか間近にあった。

（…あ）

呆然と、彼の顔を見つめていたらしい。

ふ…っとロアルドが笑った。何の嫌悪も混ざらない素のミヒャエルの表情は、いつもの大人びた落ち着きからは程遠い。ずい分と幼くなる。

ただぼんやりと、彼の顔が近づいても避けずに見つめていれば、ロアルドも穏やかに微笑む。

初めて、ロアルドがミヒャエルに見せた、優しげな笑顔だった。

ずきりとその表情が、ミヒャエルの胸に鋭く切り込む。

胸が鳴ったような気がした。

鼓動が速くなる。それは次第に強くなり、高鳴りはいつまでも収まらない。

（どうしたんだ、私は）

「俺はローゼンブルグの人間も、傷つけたいわけじゃない。彼らも、今は収穫に一人でも男手が必要な頃だろう。力で征服し、その国を手に入れても遺恨を残すだけだ」

ロアルドは、自国のことだけではなく、ミヒャエルの国のことも、考えてくれている。

自分を守ること…それは誰でも考える。だが彼はそれだけじゃない。自国のすべてを守ることを、考えている。そして、自国以外の周囲の人間のことも、彼の頭にはある。

戦いを好む男なのかと思っていた。だが、彼は無用な戦いに、自分ではなく、周囲を巻き込みたくない、そう言うのだ。

（嘘だろう…この男が）

人々の一年に亘る努力を、無駄にさせたくはないと、そう言うのだ。苦労が実を結ぼうとする時、それを邪魔したくはないと、協力したいと…。

泥にまみれる人々の作業、その苦労を、ロアルドのような身分の人間は知らないと思っていた。理解もしていないと思っていた。

軽んじたような態度を、取ると思っていた。だが、彼らを低く見るようなことは決してしない。

それは、ミヒャエルには驚きだった。

それどころか、ロアルドには民や大事にする物を持っている人々に対する、尊敬が根底にあるように感じる。

どんな仕事や地位にある人であっても、根底に尊敬を持ち、接することができる人なのだ、ロアルドは。

仕事に真摯に向き合う人々の誇りを、傷つけることはない。彼らを馬鹿にすることもない。そうしてもおかしくない立場なのに、相手を軽んじない…それはなかなかできないことだ。

自分だけの利益を、ロアルドは考えてはいない。

「俺が欲しいのはこの国を共に良い方向に変えていこうと、同じ目標と夢を抱き努力する対等なパートナーだ」

対等なパートナー、そんなものがこの誰よりも秀でている男に得られるものだろうか。けれどミヒャエルはわかる。目標がある人生、それは何にも代え難い。

そしてロアルドの抱く目標はあまりに大きすぎて一人で達成するのは困難だ。必ず周囲の協力が必要となる。その協力者達が彼を盛り立てようと精一杯力を合わせ、努力を尽くす――、そうすればその時一番いい成果に結びつくだろう。一人が頑張っても大きな目標というものは達成できない。

ロアルドならそれなりに良い結果をもたらすだろうが、周囲の協力があればその成果は何倍にもなるだろう。

彼の目標に辿り着いた時、隣りに立ち笑っている自分の顔が浮かび、ミヒャエルは慌てて首を振った。

「……」

こうして、普通の会話を交わすのは、初めてだった。

挑発や相手を傷つけることをせずに話せば、ロアルドという男の言葉は重みがあり、一つ一つミヒャエルの胸を打つ。

広い男だ。初めてそう思った。大きな局面を見て、彼は物事を判断している。

敵ながら、ロアルドは凄い男だとは思っていた。ただ、彼が自分に向ける態度に、認めることができなかった。

将来、未来、そして自分だけの利益ではなく人々のことを考えている…それが、彼の度量の広さを表している。

彼は意図してそれらの言葉を言ったのではない。何気なく言うからこそ、彼の本音であり、どんな人物なのかが分かる。

初めて生まれた敬意のようなもの、それが胸の中で膨らんでいく。

認めたくはない。

自分よりもずっと、大きなことを考えている。今まで信じていた世界とミヒャエルの価値観が、覆されるような気分を味わう。

対等なパートナーを欲しがるロアルド、その彼に認められたいと、ミヒャエルは思った。

『いつもはこのようなことは決してなさらないのですが』

その男の例外が、自分なのだ。よほど彼を怒らせた…？

「もう、話は終わりだ。夜は短い」

「あ…っ」

ロアルドがミヒャエルを身体の下に引き込む。

逞しい身体に、抱かれる。

腕の中から逃げ出せない。こんな話を聞いてしまったから。

身体がどうにかなってしまったみたいだ。

無理に押し戻し、いつものように抵抗しようとしても、身体がなぜか動かない。

「ミヒャエル」

この男が、自分の名を呼び、口唇を奪う。

欲望を果たし屈辱に貶めるだけでいいのに、どうして口唇を重ねるのだろう。

「目を閉じろ」

一度口唇が離れたとき、見開いたままのミヒャエルに、ロアルドが命じる。

夜着が剝ぎ取られる。

自分よりも逞しく、頼もしい男に征服される。

「あ、あ……!」

ロアルドはミヒャエルの肌に口唇を落としながら、ミヒャエルを抱いた。


しっとりと汗の浮かんだ肌を重ね合う。

ミヒャエルが肩を震わせれば、シーツを被せられ、胸の中に抱き込まれた。

抵抗せずに抱かれた日以来、ミヒャエルの戸惑いは深くなる。

ロアルドも、屈辱めいた抱き方を、しなくなった。

欲望を果たすだけではなく、しっかりとミヒャエルを感じさせ、互いの身体が昂ぶった後で、身体を重ねるようになったのだ。

そんな抱き方をされれば、ミヒャエルの身体はどうにもならないほどに感じ、うずうずと蕩けてしまいそうになる。

行為を終えた後も、ロアルドはミヒャエルから身体を離そうとはしない。

こうして抱き合ったまま、様々なことを話すようになった。

「塔にいると、以前、閉じ込められたことを思い出すな」

「お前が？　一体何をしたんだ？」

ロアルドが驚く。

「子供の頃、母に連れられて城を訪れた時、城の中で迷ったんだ。子供特有の冒険心みたいなものもあったんだろう。塔に登った後、勝手に錠が下りて、出られなくなったんだ」

「何だって？」

「その日は花祭りだったから、人も出払っていて、助けを呼んでも誰も来てくれない。結局一晩閉じ込められているうちに、花祭りは終わってしまって、残念な思いをしたよ。もちろん母親にはかなり怒られた」

「花祭り、そういえば、お前の国にはそんな風習があったな」

「ああ。意中の相手に、その相手に似合う花を贈りあって告白をする。そんな風習だ」

ロアルドのような男は、くだらないと馬鹿にするだけだろう。ミヒャエルも、らしくなさと照れ臭さで、自国の風習を活用したことはいまだない。

「そういえば、もうすぐ花祭りだ」

閉じ込められている間に、日々は確実に経っていく。

「早く花祭りができるようになればいい」

ミヒャエルはロアルドの腕の中で呟く。

戦いが終わって、平和な風習が取り戻せるように。

ローゼンブルグとブリスデンが衝突したきっかけの要塞のような地形の場所、そこには、崖にしか咲かない薔薇がある。

誰も手に入れられなかったその薔薇を手に入れることは、戦いが終わり平和がもたらされた証拠だ。

「お前は花を贈りたい相手はいないのか？　ミヒャエル」

「なぜそんなことを訊く？」

「花祭りを心待ちにしているようだったから」

「…さあ」

ロアルドがそんなことを訊いて、どうするのだろう。

「お前に花を贈りたい相手は、いっぱいいるだろう」

「そんな相手がいればいいだろうな」

ミヒャエルはロアルドの胸の中で、クスリと笑みを零す。

「いればいい？　お前に贈りたい相手はもちろんいるだろう?」

「私みたいなつまらない男に、贈りたい物好きな相手はいないらしい」

騎士として認められていても、女性には面白みのない相手なのだろう。

「…気付いていないのは、お前だけだ」

一体、どういう意味なのだろうか。

「だったら、花をもらえない可哀相な私に、お前が花を贈ってくれるとでもいうのか?」

笑いながら、からかうようにミヒャエルは言った。

ミヒャエルの笑顔を見た男が、なぜか息を呑む。

「お前が捨てないのなら、贈ってやってもいい」

妙に真摯な瞳が、ミヒャエルの胸を射抜く。妖しくざわめく胸に、ミヒャエルは鼓動を笑いで誤魔化すように言った。

「分かってるじゃないか。花がもったいない上にかわいそうだ。やめておけ」

冗談交じりの会話が続く。

自分を抱き締める身体は温かい。身体を震わせれば、自分の体温を、ロアルドは分け与えようとする。彼の人間らしい部分を知らされる。

最初出会った時、彼は自国の民を守るために、そして、自分の民を傷つけたミヒャエルに苦痛を与えた。拷問も平気な人間だと思っていた。

けれど、今の時期に民の努力を無駄にしたくない、そう告げた時の彼の表情には、確かに、民を思う気持ちが、心から他人を尊敬し思いやりに溢れた真摯さがあった。

他人を敬愛する気持ちを持っている。

人の努力、痛みが分かる人なのだ。ちゃんと人を尊敬できる人。

人間としての温かさを、彼は持っている。

温もりに包まれながら、ミヒャエルはまどろみ始める。

敵の胸に身体を預け、穏やかな眠りを感じるなど初めてだった。

眠りに落ちるまで、ロアルドの腕が、ミヒャエルを抱き締めていたような気がした。


塔の窓に嵌められた格子の隙間から入る月明かりに、ミヒャエルは目を覚ます。

明け方、朝まではまだ時間があるのに、再び眠りに落ちることができない。

目覚めて、ロアルドの腕がまだ、ミヒャエルの身体にしっかりと巻きついていることに気付く。

ミヒャエルは隣の男を起こさないように、そっと腕の中から抜け出す。

床に落ちた服を拾い、窓際に立つと、外を眺めた。

ローゼンブルグの塔より、ずっと高い。

遠く彼方まで、見渡すことができる。

ブリスデンの城壁も見える。中で働く人々は、侍女の言葉からも窺えるが、ロアルドを慕っていた。城はまだ目覚めず、静まり返っている。

下を眺めていれば、人通りなどないはずの時間に、黒い影が通るのが見えた。

それは塔の前で立ち止まる。

（……？）

人影は、塔の頂上を見上げるような素振りを見せた。

妖しいざわめきが胸に込み上げ、ミヒャエルははっと窓際から引き、壁の隅に身を隠した。

そのまま、必要ないと思うのに、息をひそめる。

どのくらいそうしていただろうか。

そっと下を眺める。

塔の下からは、既に人影は消えていた。

それから暫くして、ロアルドはミヒャエルを塔から解放した。

見張りはつけられているものの、元々ロアルドに捕われていた寝室からほど近い場所に、部屋を与えられた。

寝室だけに繋がれていた時とは違い、衣服も与えられている。

ただ、用件がある人間以外、人が通ることのなかった塔とは違い、城内は人の行き来もある。

自分がロアルドの慰み者になっていること、それを知らなければ、皇帝の近くになぜ、部屋を与えられているのか、不思議に思うものもいるだろう。王の寝室の近くまで寄ることのできる人間は、それなりに選ばれた人物だろうが、忠義の気持ちが多いほど、許せないと思う人間もいるかもしれない。ここは、自分にとって周囲はすべて敵なのだ。そのことを、改めて思い知らされる。

時折ミヒャエルの部屋の前で立ち止まる足音がある。わざと足音を消したそれは、騎士として戦いの中で研ぎ澄まされた、ミヒャエルだからこそ気付く気配だ。

一体、何の意図があるのだろうか？

だが今は戦いの最中だ。ブリスデンの敵は、ローゼンブルグだけではない。ライフェンシュタインや、他にはオーストリーなどもある。

もし何かの狙いを持って、ブリスデンにとっての敵が、入り込んでいたなら。

ロアルドに相談したほうがいいだろうか。

そう思ったが、まるで、守ってくれと言っているようで、ミヒャエルは躊躇してしまう。

部屋に一つしかない扉が開かれる。

「大人しくしていたか？」

ロアルドだった。今日は公務があったのか、威風堂々とした皇帝としての正装に、身を包んでいる。相変わらずの美丈夫ぶりだ。正装が、彼の魅力を際立たせている。

窓際に立ったままで、ミヒャエルはロアルドを出迎える。

ミヒャエルから近寄らずとも、ロアルドから歩み寄ってくる。

「あの…」

意を決して、ミヒャエルは口を開いた。やはり、気になる。

その時、ヒュンと音がして、何かが細く開けられた窓の隙間から飛び込む。

「ミヒャエル…！」

逞しい腕が伸び、恐れるほどの力強さと素早さで、ミヒャエルを引き寄せる。腕に抱き込んだ。

「なに…っ」

苦しいほどに抱き締められ、ミヒャエルは苦痛に顔を歪める。何かが、飛び込んできた？　正体を確かめようと背後を振り返ろうとするが、抱き締める腕は力強く、それは叶わない。

「どうしたんだ？　ロアルド」

ロアルドはミヒャエルを抱き締めたまま動かない。

背後に何かが飛び込んできた気配と、弓がしなるような、そして風を切るような音が気になる。

ロアルドの様子を窺おうとして、彼が顔を歪めていることに気付いた。

様子が、おかしい？

「一体…」

身体に巻きつく腕を引き剝がしながら、ミヒャエルがロアルドの様子を窺う。視線を上げた途端、ロアルドの腕に突き刺さるものを見た。矢だった。

「なっ、これは…っ」

「まったく、こんなものが」

ロアルドは雄々しい仕草で、自ら矢を引き抜く。血が噴き出し、紅い筋が腕に滴る。

「ロアルド…！」

血の気が引いていく。流血を見てうろたえるなど、初めてだった。

「どうした？　俺よりお前のほうが青ざめているように見えるぞ」

蒼白な表情を、逆に揶揄するように笑い飛ばされ、ミヒャエルははっと我に返る。

「俺が怪我をしたら、胸のすくような表情をするかと思ったのに」

「そんなことを言っている場合じゃない」

矢を引き抜いた場所は、既に青黒くなっている。普通の反応ではない。

（毒が塗られていたか…っ）

ミヒャエルは躊躇せずに、傷に口唇を押し当てた。

「ミヒャエル、やめろ！」

ロアルドの方が慌てたようだった。制止を振り切り、血で口唇が濡れるのもかまわず、傷口を吸い上げる。舌の先がぴりりと痺れた。やはり、毒が塗られていたらしい。

「そんなことはしなくていい」

ロアルドがミヒャエルを止める。けれどかまわず、ミヒャエルはロアルドの傷に口唇を寄せた。

「ん、んっ…！」

ミヒャエルは毒を吸い上げては、床に吐き出す。それを繰り返す。何度も、何度も。毒を含んだミヒャエルの口唇も、痺れてくる。

「もういい、やめろ、ミヒャエル！」

ミヒャエルの口唇が毒に青くなる前に、ロアルドが止めさせた。

慌てて怪我を覆えるもの…とシーツを引き裂き、手早く止血する。

「早く、医師を呼ばなければ…！」

ロアルドの腕を引いたまま、ミヒャエルは扉に向かう。ロアルドが傷つくこと、それを悦ぶ気持ちは一切なかった。たとえ、自分を傷つけ、屈辱を味わわせた相手であっても。

「誰か！」

扉は中から開けることができる。廊下に出てミヒャエルは人を呼ぶ。すぐに控えていたらしい部下が駆けつける。

「俺を置いて逃げ出すには、絶好の機会だぞ？」

いつもの挑発だ。逃亡をロアルド自身からそそのかされる。けれど、瞳にいつもの揶揄は混じってはいない。言葉とは裏腹に、真っ直ぐで真摯な瞳が、ミヒャエルの胸を射抜く。

そんな考えは、一切、ミヒャエルの頭には浮かばなかった。

ただ、目の前の男が、傷つけられるのを見たくはないと思った。

部下がロアルドの腕に流れる血を見て、顔色を変える。

「まさか貴方が…っ!?」

「やめろ。彼は違う。それより、窓から矢で狙われた。すぐに調べろ」

ミヒャエルがロアルドを傷つけたと思ったのか、憎しみがぶつけられる。今にも腰に下げていた刀剣を引き抜こうとするのを、ロアルドが制する。

ロアルドが、ミヒャエルを庇《かば》った。

「は…っ」

部下は忠実にロアルドの命令を果たそうとする。

騒ぎを聞きつけて、別の部下もやってくる。

ロアルドの親指が、ミヒャエルの口唇に触れる。口唇についた血を、拭ってくれる。

「お前も、医師に診てもらうんだ。彼を先に診せろ。毒を飲んでいるかもしれない」

ぐ…っと部下の前に押し出された。

傷が酷いのはロアルドのほうなのに、ミヒャエルを優先させた…？

ミヒャエルの胸が締め付けられたようになる。

すぐに医師が駆けつけ、ミヒャエルはロアルドと離され、口をゆすがされ、散々水を飲まされた。

「ロアルドは…？」

「医師は一人ではありません。別の医師が処置をしています」

ロアルドを案ずれば、部下が初めて、ミヒャエルに敵意以外の瞳を向けたような気がした。

ミヒャエルは殆ど、毒の影響を受けなかった。

隣の部屋には、ロアルドと医師の気配がある。だが、殆ど人の動く音は聞こえない。

ロアルドは別室に医師とこもったまま、一度も部屋を出ては来ない。

不安と心配が押し寄せる。

ミヒャエルは椅子に腰掛けたまま、指を組む。いつのまにか祈りの形のように掌は組まれ、ミヒャエルは額に掌を押し付ける。

青ざめたまま、うつむく。

時だけが過ぎていく。

(あの矢は…明らかに私を狙っていた…)

あの部屋は、ミヒャエルがいる部屋だ。王を狙うならば、最初から隣の部屋を狙うだろう。何より、窓に向かって背を向けていたミヒャエルに、矢は放たれたのだ。

(なのにあの男は…！)

ミヒャエルを庇ったのだ。そのせいで、毒の塗られた矢を、受ける羽目になった。

自分を引き寄せた腕、その力強さを、肌が覚えている。

じん…と肌が熱くなった。それは心臓に流れ込み、ミヒャエルの胸を締め付ける。

ミヒャエルを快く思わない人物も、この国にはいるだろう。

自分の存在が人を傷つける、ミヒャエルが意図しなかったことであっても、それがつらい。

自分が傷つくだけならいい。いくらでも、耐えられる。けれど、自分を守ってくれた相手が、代わりに傷つくことが…つらい。それならば、自分が傷つけられたほうがいい。

ロアルドは、ミヒャエルを捕えた時、自分を傷つけたけれども、自分だけならば耐えられたのだ。自分の部下が殺されるかもしれないこと、…自分を慕ってくれる者達が傷つけられること、そのほうがずっと、ミヒャエルはつらかった。

大切な人のために傷つくならば、いくらでも自分は耐えられる。

その気持ちを、ロアルドには理解してもらえなくても。

ロアルドに刃向かったのはすべて、自分の大切な人たちを、守りたかったから。

そして同様に、ロアルドも自分と自国の民や兵士を、守る必要があった。

(まさか、あの男が私を庇うとは思わなかった…)

自らの身を犠牲にしても。ミヒャエルの、ために。

ギ…っと音がして、医師がロアルドの部屋から出てくる。顔色が冴えない。

不安が込み上げた。

「ロアルドの様子は？」

「もう大丈夫です。あの方は毒にも耐性がありますから。…貴殿こそ、顔色が悪いですよ」

大丈夫だと告げられても、すぐに安堵できないミヒャエルの気持ちが分かったのだろうか。

「陛下の様子を見られますか？　そうすれば、心配は取り除かれるでしょう」

会わせてくれるのだろうか。部下はミヒャエルを信頼したのだろうか。

傷を負った男に、敵である男を引き合わせるなど。

「ああ」

ミヒャエルは立ち上がる。わずかに足元がふらつく。それほどに、自分が衝撃を受けていたことに気付く。

…たった一人の男の、怪我くらいで。戦いに身を置く中で、このようなことは、日常的にあったことなのに。

ロアルドの寝室に入る。ロアルドはベッドに上体を起こしていた。肩から腕まで、包帯が巻かれている。痛々しい姿だった。

（酷い…）

でも。生きて、いる。

（ああ…生きて…）

その時込み上げたのは、紛れもない安堵だ。

「ロアルド…」

「医師には大丈夫だと告げたのに、入ってきたのか？」

心配で様子を見に来たというのに、ロアルドはなぜか不満げだ。

「こんなみっともない姿を、見せたくはなかったんだが」

「何を馬鹿なことを言ってるんだ」

心配を茶化され、ロアルドに憤りすら感じた。けれどはっとなる。彼の顔色はまだ悪い。よく見れば、傷ついた腕は力なくシーツの上に投げ出され、自分を引き寄せた時の力強さは取り戻せてもいない。

ミヒャエルは、ベッドに横たわるロアルドの横に膝をつく。

包帯の巻かれた腕に触れる。ロアルドは振り払ったりはしない。触れても、腕には力が入っていない様子だった。

初めて、…ミヒャエルは顔を歪ませた。目頭がじんと熱くなった顔を、慌てて隠す。戦場で友が傷ついても、こんな表情を人前で見せたことはなかった。

ロアルドは気付いたろうか。見ない振りをしてくれたのかもしれない。

済まなかった、…悪かった、どんな言葉がいいのだろう。謝罪の言葉を告げなければ。

けれど、胸につかえる何かが、謝罪をためらわせる。くだらないプライドなのか、それは分からない。

ただ、早く治ればいい、そう思った時、込み上げる衝動のまま、ミヒャエルは包帯の上から、傷口に口唇を寄せていた。

そ…っと触れるだけの口唇を、腕に落とす。

その様子を、ロアルドは何も言わずに見つめていた。


ロアルドは驚異的な回復をみせた。医師は、本来なら生死をさまようほどの毒だと言い、ミヒャエルも冷やりとしたが、一週間も経たないうちに、ロアルドはベッドから完全に離れた。

今は公務に復帰し、彼がいない間、一人ミヒャエルはロアルドを待つ。

ミヒャエルは、ロアルドの私室に移されていた。

昨夜、完全に回復したロアルドに、ミヒャエルは抱かれた。

治った途端、ロアルドはミヒャエルを引き寄せ、身体の下に組み敷いたのだ。

突き上げる腰の動きは力強く、病み上がりだというのに、ミヒャエルのほうこそ、息も絶え絶えの気分を味わわされた。

　昨夜の行為を思い出せば、ミヒャエルの頬が上気する。

（気まで、失わされて…）

　久しぶりだったせいだろうか、ロアルドの求めは執拗だった。何度ミヒャエルの中で達しても、剛直は萎えることがなく、最後はミヒャエルから音を上げた。

『もう、やめ…っ』

『駄目だ。久しぶりだからな。まだ俺は満足していない』

　勝手な理由をつけて、ロアルドはいつまでも、自分の中から出てはいかなかった。

　…人に言えない部分が、ひりついているような気がする。摩擦され、そこは酷く甘い疼きと異物感を、いまだに感じている。ロアルドはたっぷりと、ミヒャエルの中に淫液を放った。掻き出しても掻き出しても、溢れてくるほどに注がれた。

「恐れ入ります、水差しの交換を」

「あ、ああ」

　侍女が室内に入ってくる。ミヒャエルは筒に残る余韻に身体を火照らせながら、平静さを装う。

　まだ、…濡れている。恥ずかしい部分に力を込めていないと、とろりと淫猥な感触とともに、放たれたものが溢れてきてしまいそうだった。あんな場所をしどとに濡らしているなど、誰にも言えない。

「失礼いたします」

侍女が水差しを替えて出て行くのを見つめる。彼女が扉を閉めたのを見て、ミヒャエルはほっと息をつく。

ロアルドの怪我の理由が自分だと思うと、ミヒャエルも強くは出られない。都合がいいとばかりに、満足に抵抗できないミヒャエルを、何度も何度も貫いた。

正面から貫かれ、その後、胡坐《あぐら》をかいた彼の上に乗せられ、腰を揺さぶられた。やっと身体が離れた後、うつ伏せにされ、腰を上げさせられ…双丘に指先が食い込むほどに強く貫かれた。

なのに、ロアルドはそれでも、満足しなかったのだ。ミヒャエルを離さずに、再び両脚を抱え上げられた時、とうとうミヒャエルは悲鳴を上げた。

『ああ…だめ、だ。もう…っ、…』

本気で泣きそうになった。苦痛ならば耐えられても、甘く淫靡な快楽は、耐えられないほどにミヒャエルを官能の渦に突き落とす。

『つらくはないだろう？　もっと溺れればいい。俺を…感じろ』

しかもロアルドの抱き方は酷く…甘かった。快楽に溺れさせるように、ミヒャエルの身体を、蕩かせるように抱いた。

最後のほうは、もうミヒャエルは覚えていない。

ただひたすらに嬌声を上げ続けながら、彼の背に、初めて腕を伸ばしたような気がする。与えられる快楽に、すべての感覚をさらわれるのが怖くて、広い背に縋《すが》りついたかもしれない。

掌に、ロアルドの背の感触が残っているような気がした。そして、ミヒャエルを突き上げながら、ロアルドもミヒャエルを強く抱き締めた。耳元に残る掠れた吐息の感触は、満足げな彼の溜め息だったかもしれない。

彼の与える快楽だけが、すべてだった。達する瞬間、堕ちるような感覚に震えれば、何も心配することはないというように、強い腕がミヒャエルを抱き締めた。

廊下がざわめく。ロアルドが公務から戻ってきたのだろうか。

ロアルドが戻ってきた。そう思った途端、か…っとミヒャエルは己の顔に赤みが差すのが分かった。

まだ日没にもならない。ずい分、いつもよりも早い。

ミヒャエルは立ったまま、彼を出迎えた。落ち着かない。

「何もなかっただろうな」

「ああ」

答えながら、ロアルドの顔が見られなかった。

どうしたのだろうか。昨夜の痴態を思い出させるからだろうか。それとも、……気恥ずかしい何かが込み上げる。

「どうかしたのか？　こんなに早く戻ってくるなんて」

「寝ていたせいで、ずい分身体がなまっているからな。お前も来い」

その言葉に、ミヒャエルは思わず顔を上げ、目を見開く。

「いいのか？　私を外に連れ出して」

ロアルドは答えず、笑っただけでミヒャエルを部屋から連れ出した。

「どこへ行く？」

「こっちだ」

連れてこられたのは、城の厩舎《きゅうしゃ》だった。

馬番が深々と頭を下げる。すぐに厩舎の中に通された。

立派な鬣の雄々しい馬がずらりと並んでいる。どの馬も毛並みが手入れされ、俊敏そうだった。脈動感のある筋肉がついている。

「遠乗りにでも出るつもりか？」

「そうだ」

その内の、一番大きく美しい馬の手綱を、ロアルドは自ら引いた。

厩舎の外に出ると、ロアルドが馬に跨る。

「来い」

ぐい…っと腕を引かれ、馬に乗せられた。ロアルドの前に、跨らされる。

「私は、一人では馬にも乗れないとでも、思われているのか？」

久々の外出に期待が込み上げるけれど、瞳が険しくなる。

「そうは思わない」

「部下がいる以上、逃げはしない。もう一頭用意できないのか？」

こんなふうに、二人で馬に跨るなど、ミヒャエルの騎士としてのプライドが刺激される。

「こうしていれば、いつでもお前を守ってやれるからな」

「な…っ」

ミヒャエルは絶句する。

一緒の馬に跨らせたのも、別の馬に乗せることで逃げる心配をするのではなく、矢で狙われたミヒャエルを守ろうとするため…？

「お前に、守ってなどもらわなくてもいい」

ミヒャエルは顔を背けた。けれど、耳がうっすらと赤く染まる。それに気付かれなければいいと、ミヒャエルは思った。

本当は、自分の身は自分で守れると告げたかった。そう公言するだけの自信を、今までの自分は持っていた。だが、実際、放たれた矢から、ロアルドに守ってもらった身では、そう告げるのも憚《はばか》られる。

…閉じ込められていたから、危険が近づくのに気付く感覚が、鈍っていただけだ。元はロアルドのせいだと告げることもできたが、それはロアルドの腕に残っている傷を目にすると躊躇させられる。

ロアルドはミヒャエルを追い詰めようとはしなかった。部下の心配も考えたのだろう。城からそれほど離れず、すぐ裏に広がる森を選んだ。

久しぶりに風を切る。頬に触れる鋭利な風が気持ちいい。ふわりと髪がなびく。ロアルドの手綱さばきはさすがだった。前に人を乗せていても安定感があり、ミヒャエルに不安を感じさせない。

頭上に空が広がる開放感からだろうか、高揚した気分を味わう。

森を駆け抜け、城へと通じる道の手前まで戻り、ロアルドは馬の速度を緩めた。徐々に城門が近づく。

(もう、終わりか)

残念な気持ちが込み上げる。表情を曇らせれば、ロアルドが言った。

「戻りたくないのか?」

「…別に」

ロアルドと一緒の乗馬が終わるのが、残念なのではない。また捕われた場所に閉じ込められるのが、寂しいだけだ。一瞬込み上げた気持ちに、そう理由付ける。

「好きにすればいい」

「好きに? ならばこんなことも?」

「あ…っ!」

ミヒャエルは思わず嬌声めいた声を上げてしまった。

「ばっ、…何を、こんなところで…」

抗議とともに、背後から自分の身体を抱き締める男を睨みつける。腰に背後から押し当てられたものは、硬く熱かった。そして、しっかりとミヒャエルを抱き締め、両腕の抵抗を奪ったまま、胸をまさぐる…。手はすぐに尖りに辿り着く。

城はもう近くだ。騎乗という一段高い目立つ場所で、ロアルドはミヒャエルを腕に閉じ込める。

「誰かに見られたら…」

「お前が大人しくしていれば、誰も気付きはしない」

「勝手なことを…！」

ミヒャエルは目を険しくする。けれど、胸の尖りを揉み回され、瞳は潤み始めている。

ロアルドの掌が服の前をはだけ、直に胸元に潜り込んできた。尖りを指先に摘まれる。じん…と強烈な疼きが、胸を駆け抜けた。すぐに力が抜けてしまいそうになる。

「ああ…ッ！」

ミヒャエルはとうとう甘い嬌声を上げた。仰け反らせた背を、背後からロアルドが抱きとめる。力が抜けそうになった身体を都合がいいとばかりに胸の中に閉じ込め、やわやわと胸を揉みしだき始めた。

「アッ、あ、アッ！」

馬上では思うように動くこともできない。白い首筋まで、うっすらと上気する。

「駄目、だ。こんなところで、やめ…あっ」

コリコリと先端を刺激され、たまに摘み上げられれば、ズキリと強烈な疼きが下肢に込み上げた。

「ずい分、気持ち良さそうじゃないか。こんな場所じゃなければいいのか？」

ロアルドは止めるつもりはないらしかった。

る。

「意味が、違う…！」

抵抗を、愛撫の手に捻じ伏せられる。衣服の下で、下肢が熱を持ち始めているのが分かる。

「あぅ、くッ、やめ」

嬌声を上げされられるたびに茎は膨らみ、服の下ではきつく、痛いほどになっている。

気付いたのか、ロアルドがミヒャエルの前を握った。

「く、ふぅ…ッ！」

強烈な、眩暈がするほどの快楽が訪れた。ロアルドに恥ずかしい部分を握られれば、ミヒャエルのものは熱くなり、蜜を零し始めてしまう。

（あ、ロアルドも…）

ミヒャエルが快楽に身体を打ち震わせれば、双丘に服の上から押し付けられたものも、ぐん…と大きくなるのが分かった。

ロアルドも興奮している。それを知れば、ミヒャエルの興奮も高まる。馬上で、いつ誰が二人の姿を見つけるかも分からない状況で、まるで見せ付けるようにロアルドはミヒャエルの陰茎を擦り上げる。卑猥な状況に、ミヒャエルの芯はいつもより早く熱くなる。

「ひゃぅ…っ、くうう…っ」

身体から力が抜けていく。茎に送り込まれる快楽に、全身が痺れたようになる。茎に触れるヒヤリとした掌の感触に、自分のものが帯びる熱さを知る。

(それに、馬が…)

馬が歩き続けているせいで、微妙な振動が腰に伝わる。まるで突き上げられているような錯覚を覚えながら、肉茎を擦り上げられる快楽は壮絶だった。

「あ、んんっ、ロアル…ド…っ」

腰が揺れる。ロアルドの掌に、腰を自ら押し付けてしまう。

馬の上で、衣服の前を開き、空の下で肉茎を晒し、そこを男に握られている…。

それなのに、自分は感じている。快楽に喘ぎ、熱い下肢は射精感をつのらせ、痛みを覚えるほどだった。そのうちに、ロアルドが握る場所から、にちゃにちゃという音がし始めた。

自ら零したものを、ロアルドが茎に塗りつけているのだ。はしたない部分は、蜜を零し始めている。塗り込められる卑猥な音と、濡れた感触に、ミヒャエルは余計に感じた。

「はぅ、ンッ…!」

肉茎に硬く、芯を植えつけられる。熱すぎる身体を、持て余しそうになる。

(こんな場所で…)

どうしても外れない腕に、抵抗を諦め、ミヒャエルは硬く目を閉じる。

(い、い…熱くて、たまらない…)

もっと弄って欲しい。はしたない望みを、嬌声とともに零してしまいそうだった。胸と茎を、同時に責められる。そして騎乗という状況が、ミヒャエルに微妙な突き上げるような刺激を与え続ける。理性を放棄し、ただ、彼に嬲られるだけの快楽を、身体は追い求め始める。下肢ははちきれんばかりに熱い。緩急をつけて胸を揉まれ、茎がぶるぶる震えた。

限界が近づいている。

ロアルドは、ミヒャエルを存分に感じさせようとする。焦らしたりもしない。深く、甘く、…ミヒャエルの身体を蕩かすように触れる。

(そんなふうに、触らないで……)

追い詰めるように触れられれば、言い訳もできるのに。こんなふうに甘く優しく触れられたら、抵抗するための言い訳ができなくなる。

「どこから見られるか分からないのに、こんなに感じているんだな、お前は」

ミヒャエルの身体が、羞恥に燃えるように熱くなる。

どこから見られるか分からない。なのに自分は放出寸前まで、身体を昂ぶらせている。それに、詰《なじ》るくせに、ロアルドの声は酷く甘いのだ。だから余計に、羞恥を煽られる。責めるより、嬲られるより、甘い声がミヒャエルの官能を煽る。

「アっ、…あぅぅ…っ」

嬌声も止まらない。敏感になった身体を甘く震わせながら、ミヒャエルは胸から下肢に

流れ込む快楽に耐える。それに恥ずかしいのは、前を愛撫されると、体内の奥の部分が、熱く疼くことだ。そこを男に抉ってもらえば、自慰や前だけへの愛撫よりも、ずっと深い快楽を得ることができる。

(硬すぎる…ロアルドのもので…)

大きすぎるほどのロアルドのものが、勃起した状態で押し付けられる。彼と繋がる期待に、咽喉が鳴った。

ロアルドはミヒャエルをきつく、抱き締める。馬上から落ちないようにと分かっていても、こんなに強く抱き締められれば、胸が高鳴る。

「お前だって、感じているくせに」

自分だけが限界に追い詰められるのではなく、ロアルドも感じている。

「…そうだな」

(え…?)

「…早くお前の中に入りたくてたまらない」

(っ…!)

恐る恐る背後を見る。…熱い瞳が、ミヒャエルを見下ろしていた。焼き尽くされそうな気配を孕んでいる。

本気で、ミヒャエルを求めている顔だ。

ロアルドが、前を寛げた。

（あ……）

ミヒャエルの身体が震えた。ロアルドはミヒャエルの身体を片手で支えたまま、肉棒に手を添える。双丘がぐ…っと持ち上げられた。

「入れるぞ、ミヒャエル」

（入れられる…）

屹立《きつりつ》が下から突き立てられる。

「あ！」

馬の動きが合わさり、一気に突き上げられそうになる。激しい勢いで屹立が潜り込む衝撃に、無意識のうちに身体が強張る。怯えるように身体が震えた。もう何度も抱かれたとはいえ、やはり挿入の瞬間は怖い。初めに、…乱暴に抱かれたからだろうか。

怯えるように身体を硬直させれば、ロアルドはミヒャエルを一息に貫こうとはしなかった。身体を支え、馬の振動から守るようにして、少しずつ少しずつ、屹立を埋めてくる。

「あ、あ、あ…」

徐々に自分を征服してくる楔に、ミヒャエルの身体が小刻みに震える。いきなり貫かれるかと思ったのに、ミヒャエルの蕾が綻ぶまで待ち、そして強張りを解くように…貫いてくる。

ミヒャエルは大人しく、肉棒が埋め込まれるのを受け入れる。抵抗をしないミヒャエルに、ロアルドは背後から首筋に、口唇を落とした。

「……あ」

上気した首筋に、甘く歯が立てられる。口唇を肌に落とされる。まるで愛されていると錯覚してしまいそうなほど、あちこちに口唇を落とされた。

「くぅ…ん…っ」

鼻に掛かった吐息が零れ落ちる。

ゆっくりと時間を掛けて貫かれた。こうされると…。

(いつもより、感じる…)

貫きながら、ロアルドはミヒャエルの胸と屹立を、弄り続けている。苦痛を与えないように貫かれ、ひたすらに弱い部分を責め立てられて、ミヒャエルの身体はぐったりと力が抜けてしまう。強張りが解ければ、身体は素直に快楽を受けてしまう。鋭敏すぎるほどに昂ぶらされ、ミヒャエルは悶えた。

(変に、なる…)

長い剛棒が、みっちりと根元まで挿入される。素直にミヒャエルが受け入れると、ロアルドがミヒャエルの顎をすくい取る。身体を乗り上げるようにして、ミヒャエルの顔を覗き込んでくる。ミヒャエルが背後を振り向くと、…熱い口唇が重なった。

ロアルドを受け入れたご褒美のように、ロアルドがミヒャエルに口づける。

暫くの間、口唇を重ねていた。男の欲望を受け入れながらキスされれば、欲望を果たすだけではなく、愛されているのだと…錯覚してしまいそうになる。

口唇は重ねるだけではなく、すぐに深くなった。唾液を送り込み、舌を絡ませる。ロアルドとの口づけに、ミヒャエルは夢中になる。互いの口唇を無我夢中で吸った。

口づけに、溺れる。

「あ…」

馬が振動を与えるせいで、口唇が離れる瞬間がある。口づけが解かれる合間に、ミヒャエルは体内のロアルドの質感を意識した。離れるとすぐに、ロアルドはミヒャエルの口唇を追った。何度も、深い口づけが繰り返される。ずっと入ったままの質感が、甘い快楽を与え続ける。そのうち、ロアルドがミヒャエルの体内にいる感覚が、自然なことのように感じ始める。

こうして口唇を重ね、身体を重ね、深く交わる体勢が自然なことなのだと…。

口唇を塞がれたままのミヒャエルが、息を苦しく詰まらせる前に、ロアルドは口唇を離した。

「苦しいか?」

ロアルドがミヒャエルに訊ねるなど、初めてだった。

苦しいことより、ミヒャエルが気になるのは…。

（いつもより、奥まで届いているような気がする…）

馬の振動のせいだろうか。深い部分に、ロアルドのものが当たる。ごりごりと擦られて、ミヒャエルは悶えた。

「あ、ああ…ッ、んっ…」

今までにないような、甘い嬌声が零れ落ちた。全身を真っ赤に染め上げれば、ロアルドがミヒャエルをきつく抱き締める。

「もっと感じさせてやる」

馬の動きに合わせて、身体全体が上下する。その動きに合わせて、ロアルドがリズミカルにミヒャエルの中を楔で突き上げる。反り返ったものがぐいぐいと、ミヒャエルの肉襞を擦り上げた。

（ああ。ロアルドもいつもより、大きい…？）

内壁が、ロアルドのものを締め付けてしまう。生々しく、男のものの形状を感じ取る。体重のせいもあるだろう。深く肉芯を呑み込み、自分のいやらしい襞は満足げにヒクついて、男の勃起が与える快楽を得ようと、貪欲に中へ中へと誘い込む。

（すごい…太い…）

男の脈動を、挟み込んだ敏感な肉襞は血管の一筋一筋まで感じている。ずるずると剛棒がいやらしげな動きで出入りする。そうされれば、身体中が痺れて…たまらない。もっと強く抉って欲しくて、ミヒャエルは腰を自ら揺らめかせた。背後のロアルドの腰に、自らの腰を強く押し付けてしまう。

「あぅ、んっ、あ」

ミヒャエルはただ、肉棒の責めに悶え喘いだ。全身の感覚が、繋がった部分に集中していく。ミヒャエルはロアルドに突かれるままになる。

「は、ぅ、あぁぁ…」

周囲の状況も、自分が置かれたいやらしい現状も、すべてを忘れてひたすらに、後孔を犯される快楽に溺れる。しかもロアルドは存分に、ミヒャエルの前をも弄りつくすのだ。もっと感じていいのだ…ミヒャエルの頭の中が、ロアルドでいっぱいになる。

何も、考えられない。すべての音が消えた。

「うっ、んっ、あぅ、あっ」

ロアルドがずん…ずん…と肉棒で媚肉を突き、ぬるついた蜜壺を掻き回した。びりびりと下半身が痺れた。それは気持ちよすぎる痺れだった。この快楽を味わえるなら、何をされてもいいと思ってしまいそうになる。

「ミヒャエル…」

ロアルドがミヒャエルの名を呼びながら、耳を噛んだ。

「あっ」

全身が、彼に愛されるための性器になったようだった。耳もじわりと熱くなり、その感覚は下肢に流れ込み、快感を増幅させた。

ロアルドはミヒャエルが喘ぎ続ける限り、快楽を与え続けるつもりらしかった。心地好い快楽が続く。ロアルドは緩く掻き回し、たっぷりと中の襞の感覚を、愉しもうとする。

このまま永遠に貫かれ、味わっていたい…そう思っていた時、下でガサリという音がした。急速に感覚を、現実に引き戻される。音のした方を見やれば、野ウサギが駆けていくのが見えた。

「あっ…！」

草叢《くさむら》の中に消えていくウサギを見ながら、内壁を突きあげられる。

（あ、私は今……）

現実を思い出す。目の前に急速に、森の光景が広がる。そして、自分がどれほどいやらしいことをされているのか、ミヒャエルは思い出した。

ミヒャエルは馬上に乗せられ、背後から剛直に犯されている。逃げ場のない場所で、男に背後から抱かれている。しかも馬の背が上下するのに合わせて、剛棒が予測できない動きで、角度を変えて中で蠢くのだ。

森の終わりが近づく。もし誰かが森に迷い込み通り掛かったとしたら、今の自分の状況を、どう見るだろうか。誤魔化せればいいと、ミヒャエルは願った。馬に二人乗りをしているだけだと思うかもしれない。本当は、下肢は繋がっているのに。

今の自分たちの姿を、もし自分が通行人として見たら…。想像すれば、卑猥さに脳が焼き切れそうになる。

いやらしすぎる状況で犯されているのに、ミヒャエルの身体はいっそう鋭敏になる。いつもよりずっと、感じている。甘い痺れと強烈な射精感に襲われる。

（いい…っ、あっ）

汗がこめかみに浮かぶ。頬を伝い落ちていく。ずぼずぼと剛直が自分の中を出入りしている。粘膜と肉が擦れ合う音が、辺りに響く。不規則な動きで責められる場所を、深い快楽が得られるように、ミヒャエルは自ら腰を回した。

「腰を回して…そうだ」

「ひぅ、あ、んっ…！」

脳天まで、快楽が突き上げる。頭がぼう…っと霞んでくる。媚薬を注ぎ込まれたように、後ろの孔が達きっぱなしになっている。前が弾けずとも、ミヒャエルは後ろだけで、強く深い快楽を得る。

ロアルドはミヒャエルを満足させるまで、放出しなかった。

（もう、いつまで…）

どれほど長い時間、ロアルドは自分の中に入っているだろうか。熱く熟れ、ぐずぐずに疼く秘唇に、がっちりと硬い剛棒が挟まり、ずぼずぼと中に、男の肉棒が出し入れされる。

「あぁ、あぁ、あぁ、あああ」

馬の揺れに合わせず、ロアルドが自分の欲望に合わせて、ミヒャエルを突き上げ始めた。もう、下肢は完全に快楽に痺れきっていた。

「この姿勢がそんなに気に入ったか？　どこを突いて欲しい？」

ミヒャエルは首を横に振った。けれど肉襞はぎゅう…っと、入ったままの剛棒を締め付けてしまう。いくら否定しても、下肢は腰を回すような動きをみせ、自ら剛直を食い締めていては否定も嘘だと見破られてしまう。

言葉で告げずとも、ロアルドはミヒャエルのいい部分を知っている。ロアルドがミヒャエルの身体で、暴き立てていない部分など一つもない。

「一度、お前の中で達きたい」

「…あ」

低く淫靡に告げられ、ミヒャエルは身体を震わせた。自分の身体の中で、ロアルドが達く。もっと深く一つに混ざり合う。精液を体内に撒き散らされることが分かっていても、ミヒャエルは逃げなかった。体内での吐精は、憎むべき男が自分を屈辱に貶める、最大の行為だったはずなのに。今はそれが欲しい。快楽よりも、抱く男が本気で強く、自分を求めているのが分かる手段だから。

（注いでくれ…俺の、中に）

「ああ、ああ」

ミヒャエルは激しく身体を揺さぶられながら、その時を待った。

「お前も、一緒に」

ロアルドがミヒャエルの耳朶を噛む。

この男と深く、交わりたい。

「あ、あああああっ――っ」

幾度目かの強い突き上げの後、ミヒャエルは限界まで背を仰け反らせる。その背を、背後からロアルドが受け止める。

体内で楔がぼわ…っと膨らみ、熱い飛沫が叩き付けられた。その衝撃に、ミヒャエルも絶頂を迎える。射精され、深い快楽を味わわされる。精液を叩き付けられる淫靡さに、ミヒャエルも達った。男に深々と体内を犯されて、ミヒャエルはこれ以上ない快楽を得る。深く長い絶頂だった。

「…あ…」

馬上から崩れ落ちそうになる身体を、ロアルドがしっかりと抱き締めた。

「ああ、ああ、ああっ」

ミヒャエルは声を上げさせられていた。草叢の上に横たわり、両脚を大きく広げさせられている。その間に、ロアルドの身体を挟み込まされている。

ロアルドはミヒャエルの中に、剛直を突き入れていた。一度中で達したせいで潤んだそこは、濡れた音を響かせながら、屹立の抜き差しを許している。

結局、一度では済まなかったのだ。

「やはり、馬の上では動きにくかったからな」

ロアルドは達した後、ミヒャエルの身体を労《いた》わるように、馬上から下ろした。馬を木陰に繋ぎ、ミヒャエルを腕に抱いた。

けれど達した余韻の残る瞳でミヒャエルが見上げたとき…ロアルドはミヒャエルを強く腕に抱き込んだのだ。

草叢に押し倒され、ロアルドが存分にミヒャエルの中を突く。

「あっ、あっ」

ずんずんと中を突かれ、ミヒャエルは喘ぐことしかできない。

男の身体が、自分の上で蠢いている。その上には空が広がっている。

胸はぴんと尖り切っていた。弄りまくられた突起は紅く光り、既にロアルドの唾液で濡れそぼっている。

「もうッ、もう、誰かが、呼びに、来る…」

日は沈みかけている。なのにロアルドはミヒャエルを責めるのを止めない。

ロアルドはミヒャエルの全身を責め易いように、ミヒャエルを全裸にした。

誰が通り掛るか分からない戸外で、全裸にされたことなどミヒャエルはない。

自分だけが空の下、全裸で男に突き上げられ続け、ロアルドは着衣を乱してはいないのだ。

ロアルドは腰を突き入れているだけだからいい。だが自分は、すべての着衣を取り去られ、後孔に男の剛直をずっぽりと埋め込まれている…。

「ああ、ああ」

全身を快楽に染め上げ、嬌声を上げ続けている。

情熱的に、ロアルドはミヒャエルを責め抜く。甘く、けれど強く、ミヒャエルを組み敷く。

後穴に与えられる快楽は、淫靡で甘い。

全身を震わせながら、ミヒャエルは突き上げられ、媚肉を擦り上げられる快楽を貪る。

「俺が欲しいか？」

(欲し…)

「あ、あああっ…！」

何度もロアルドに求められた、彼をねだる言葉だ。

淫らな言葉を告げる前に、ミヒャエルは白濁を迸らせる。

絶頂を迎えなければ、本当に、ロアルドが欲しいと口走ってしまいそうだった。

初めて、…ロアルドが欲しいと。

「ぁ……」

欲しいと告げる前に、目の前が霞んでいく。

ゆっくりと瞼を閉じていけば、霞みゆく意識の中で、ロアルドの口唇が柔らかくミヒャエルに重なったような気がした。


一陣の風が、二人の間を吹き抜けた。

汗の浮かんだ肌に、触れる風が心地好い。

ミヒャエルはロアルドの腕の中で、息を整える。ロアルドも、ミヒャエルが落ち着くまで、広い胸を惜しげもなく与えてくれる。

草の上に腰を下ろしたまま、ロアルドは木にもたれていた。その胸に、ミヒャエルは包まれている。

汗が落ち着くと、肩から羽織っただけの衣服を、ロアルドはミヒャエルに着せてくれた。

ミヒャエルはまだ、指先に力が入らない。

なすがまま、彼の動作に身を委ねる。

まるで子供のように、すべてをロアルドに預けきっているような気がした。

まだ思うように動かない身体を持て余していれば、ロアルドはミヒャエルを再び胸に抱き込む。

「そろそろ…戻らないと」

日が翳《かげ》り始める。

力の入らない身体は、抱き締められたままだ。

草の上に投げ出された手の甲に、柔らかな感触が触れた。

「あ…」

ミヒャエルは、押し潰してしまいそうになり、慌てて手を引っ込める。

「どうした?」

ロアルドがミヒャエルの頬に触れる。頬に零れ落ちた髪をすくわれ、こめかみから後ろへと流される。

ミヒャエルの頬が薔薇色に染まった。

…こんな仕草を向けないで欲しい。

慣れない。どうしても、慣れない。

誰もがミヒャエルを、戦う男として強い者と扱った。こんな仕草を向けた男などいない。

そして、ミヒャエルを力で屈服させた男も。力で征服され振り回されるのは、ミヒャエルには許せないことだった。なのに、その男から守るような、そして甘やかすような仕草を向けられるのは、どうしてこれほど甘美な感慨を、胸にもたらすのだろうか。

甘酸っぱい気恥ずかしさのような感情が胸に浮かび、ミヒャエルを深い困惑に突き落とす。困惑は動揺に変わり、ミヒャエルから平静さを失わせる。

「…花を、潰してしまいそうだったから」

ロアルドに訊ねられ、言ってしまってからミヒャエルははっとなる。雄々しい軍神と称され、ブリスデンの人間に憎まれてさえいる男が、花一つの行く末を気にしているなんて。さぞ馬鹿にされるだろうと、ミヒャエルはほぞを噛む。

けれど、ロアルドの反応は違っていた。

「お前の国には、花を扱った祭りがあったな」

「…ああ。今は戦いで、中断しているが」

去年も、花祭りを行うことはできなかった。

「今年ももうすぐか…」

そっと呟く。

人々の祭りを待ち望む表情、いよいよ祭りが始まった時の楽しげな顔、それらがミヒャエルの脳裏に浮かぶ。

今年こそ、花祭りが開催される頃には、戦いが終わっていて欲しい。ミヒャエルも戦いを決して好んでいるわけではない。自国を守るために、守るもののために、必要だったからだ。自分の利益のためだけに人を傷つける、そんな矮小な人間でありたくなかった。

「早く、花祭りができるようにしたいものだな」

ミヒャエルは言った。皆が笑顔でいられるように。それが一番の望みだった。心穏やかに過ごす日々が得られるよう、人のために尽くす…。けれどそれは、自分一人だけの努力では限界がある。

己の志と、それを達するには難しい現状に、わずかばかりの揶揄を込めて、ミヒャエルは言う。

すると、ロアルドは言ったのだ。憎らしいくらいの、自信を込めて。

「なるさ。俺がそうしてみせる」

「っ!!」

真っ直ぐに、ロアルドがミヒャエルを見つめる。敵を腕に抱きながら、その志は大きく、そして広い。自信たっぷりの物言いは、悔しいほどに格好いい。そして、それを実現できるだけの実力を、目の前の男は持っている。彼が宣言すれば、何もかも実現してしまいそうな気がする。叶わない夢のような出来事であっても、彼は現実にしてしまいそうだ。

「…よく言うな。どれほど難しいことか、分からないでもないだろうに」

それは、自分ができないことへの、皮肉だったかもしれない。自分が実現できない、人々にもたらすことができないことを、ロアルドはできるという確信への。

「よく自信たっぷりに言えるな」

彼の自信が、羨ましかった。

「俺も難しいということは分かっている。だが、できると信じている。その信念がなければ、そして己を信じなければ、何も始まらないだろう?」

ロアルドがミヒャエルの腰を抱く。

心からできると信じること、その強さは、苦労を重ね、挫折を繰り返したからこそ、得られた信念だ。

「無理だと思っても、そう思ってしまえば、できることもできなくなる。もちろん俺だって、できるなんて軽々しく口にしているつもりはない。だが、実現に向かっての努力はしている。その努力が、自信に繋がるものだろう?」

…駄目だ。ふと、涙ぐみそうになった。この男は、自分が持っていないものを、羨むものを、最初から手に入れていたわけじゃない。自分以上の努力をして、手に入れた男だ。どれほどつらいことが、この男の自信を作り上げるまでに、あったのだろう。つらいことを一つ乗り越えることができれば、それに払った努力で小さな自信を形作れる。大きな自信には、様々なつらさと、それ以上の努力が、必要とされるのだ……。

「今年は、花祭りができるようにしてやる。お前も楽しめばいい」

「…その頃、俺はお前に殺されているかもしれないのに？」

捕虜の立場は不安定だ。戦いの取引き、何に使われても文句は言えない。

「俺がお前を殺させない」

（…っ）

力強い言葉だった。真っ直ぐな瞳が、ミヒャエルの胸を射抜く。

どうして、この男は自分を殺さないと、宣言するのだろう。

「今年は一緒に、俺が花祭りを祝ってやる」

「…ローゼンブルグの人間でもないくせに」

熱くなる目頭を見られたくなくて、ミヒャエルはロアルドの胸に顔を埋めた。胸が熱く疼く。ミヒャエルも、信念をもって行動してきた。それが理解されることはなくても、その時の自分の精一杯で、向き合ってきた。

感情が落ち着くのを待てば、闇が忍び寄る。

「子供の頃、俺はこの森に入り込み、迷ったことがある。ずい分、侍従に叱られたな」

「お前が?」

「ああ。こんなふうに暗くなって、足元も分からなくなった。助けも現れず、もう駄目かと思ったよ」

「どうしたんだ?　その後」

「ある場所で、森の茂みが途切れた場所があったんだ。そこに月の光が差し込んでいた。胸に下げていたお守りが月の光に反射し、その光のお陰で、部下が俺を見つけることができた、というわけだ」

「ふうん」

迷ったときのために、鏡を下げて森に入る風習もある。獣避けにもなるから、この国では一般的な方法なのかもしれない。

「お前も、これを身に付けておけ」

ロアルドが胸元から、大きな石を取り出す。真っ赤な、大粒の宝石だった。

ミヒャエルは目を見開く。

「それが、お前を助けたお守りなのか?」

「そうだ」

ロアルドの手の中のものは、燦然《さんぜん》と輝いていた。鏡かと思ったのに、それはルビーだった。しかも最高の質と、大きさだろう。これだけ大粒のものは、掘り出すのさえ難しいというのに、見事な薔薇の形に削られていた。これほどのものを、ローゼンブルグでは見たことがない。

首から下げていたと言ったとおり、首飾りにそれは加工されていた。

「ロアルド…っ」

慌てるのに、ロアルドはさっさとミヒャエルの首へかけ、薔薇の部分を胸元に仕舞ってしまった。易々と、希少な貴石を与えて、かまわないのだろうか。いや、高価か否かというよりも……。

「いいのか？」

「何を？」

「お前の身を守った、大切なお守りなんだろう？　そんなものを私に与えて」

今も身に付けているのだから、大切にしていたのだろうと思う。

「今は、お前の身を守る方が、必要だと思うからだ」

放たれた矢、…それは、ミヒャエルを狙っていた。

「別に、守ってもらわなくてもいい。お前が身に付けていた方がいいんじゃないか？」

ミヒャエルはロアルドの腕の中で、身をよじる。

「俺は自分の身は今は自分で守れるからな」

言い返したくても、一度守ってもらった身としては、そうもできない。

ロアルドは、ミヒャエルの胸にルビーを仕舞い込むと、突き返すことができないように抱き締めてしまう。

「お前も普段は自分の身は守れるだろう。そんなことは百も承知だ。俺もお前の強さは認めている。だが今はこれをつけていてくれ。俺だって不安に思う戦場に赴く時は、これをつけていたものだ」

ミヒャエルの強さを認めている——、そんなことをこの男が言うなんて。この男に存在と実力を認められる。それに、ロアルドは決してミヒャエルを馬鹿にしていない。ミヒャエルの実力を認めながらあえて、自分の大切なものを手渡すのだ。

美しい宝石の薔薇だった。

その輝きがまぶしい。

複雑な思いが込み上げる。

「どうした?」

「い、いや」

「何難しい顔をしている?」

「別に、何でも」

この男は知らない。

薔薇は、ある特別な意味を持つことを。

ローゼンブルグ…薔薇を名前に持つ国の人間にとって、薔薇を贈ることは、ある、特別な意味を……。

でもそれは、ローゼンブルグの人間以外には、関係ないことだ。

だから、自分だけが胸をざわめかせるなんて、間違っている。

敵と疎《うと》んじられる立場の自分が。そして、雄々しく勇敢な騎士と言われた自分が、こんな…たった一つこんな…お守りの薔薇などに、胸をときめかせているなんて。彼に実力を認められることが、嬉しいなんて。

ずっと、ミヒャエルは人を守るものとして存在していた。ミヒャエルもそう思っていた。

それは、知らなければいい感覚だったかもしれない。

自分の弱さを自覚させられ、挫折を味わわされ、信念を覆《くつがえ》されそうになった。

捕虜として、非情な行為を向けられても、耐えられると思っていた。

それは、昔からミヒャエルが、向けられてきたものだったからだ。

有能な騎士と言われても、最初からミヒャエルも、その地位に昇りつめられたわけではない。国のため、人のためという信念があっても、それを理解されず、同じ国の中でも、ミヒャエルの足を引っ張ろうとする者は必ずいた。大儀よりも、自分の利益や感情を優先させ、その妬《ねた》みの渦中に引きずり込もうとする……。味方の援護もない状況で、戦いに出なければならないのは、どれほど心細く困難なことだったろうか。

頑張っても努力は認められず、努力して戦いに勝てば、敵に憎まれる。それに、前王の落胤という出自《しゅつじ》であっても、ミヒャエルが頭角を現すほど、城内でのミヒャエルの立場は悪くなる。ミヒャエルが活躍し、王に一目置かれるほど、他の王子たちの存在を脅かすものになったから。王子の母親たちは、自分の息子こそを可愛がり、ただ可愛がるだけではなくて、ミヒャエルの戦いを妨害した。

最初は、味方を信じたいと思っていた。けれど度重なる裏切りがミヒャエルを頑なにした。

命がかかった場所で、味方にすら妨害される日々。

それでも、ただ黙々と、ミヒャエルは努力を続けた。自分がしっかりと努力していれば、いつか認められると、その日がくるのを信じて。

だからこそ、いっそうミヒャエルは努力した。それがミヒャエルの強さになった。

最初から強かったわけではない。誰も守ってくれる者などいなかったから、ミヒャエルは自分で強くなるしかなかった。周囲も皆、自分を強い者として扱った。

傷つき易い部分があることを、ミヒャエル自身すら、忘れていたのだ。

誰も守ってはくれなかったから、強くなった。

傷つけられることから、自分を守るために。

そんな中、ミヒャエルに目をかけてくれたのが、ローゼンブルグの賢王だったのだ。

敵だらけの中、たった一人、味方だと信じられる存在がどれほど嬉しかったことか。

だから、彼のためなら命を捨ててもいいと、思った。

少しでも、役に立ちたくて。

王にとっては自分など、取るに足らない存在かもしれなかった。戦いに勝てなければ、すぐに捨てられるかもしれない。けれども、たった一人味方になってくれた存在には、すべてを投げ打ってでもいいと、ミヒャエルは思った。

それでも、どうせ捨てられるのなら、その中で少しでも自分が生きた証を残したかった。

自分に与えられた存在意義の中で、充分に生きようと。

戦いで勝つほどに敵には憎まれ、味方からは疎んじられる。そんなミヒャエルを取り巻く世界を、誰も知らない。知らなくてもいい。人にどう思われるかなど、どうでもいいことだ。

他人の評価より自分の足でしっかりと立つことの方が大切だ。

なのに、こんな首輪のような拘束と変わりないものに。

(私を守るものと言われて…胸をときめかせているなんてな)

本当は、無理やり組み敷かれるのは恐ろしかったのに。

敵である彼が一番、ミヒャエルの実力を認めてくれている。

味方の裏切りを経験したミヒャエルにとって、信頼できるパートナーは何より欲しいものだった。

その感情と希望を、敵である男に抱き始めている。

「お前……」

「え？」

ロアルドの指先が、ミヒャエルの眦《まなじり》を拭った。その時、初めてミヒャエルは自分が涙を零していることに気付いた。

「私は…何を」

深い困惑の瞳が、ミヒャエルを見つめている。

騎士として、有能だと言われるほど、ミヒャエルはそうあろうとする自分に、がんじがらめにされていた。

「お前は今まで、誰か甘えられる奴はいなかったのか？」

「…そんなものは必要ない」

守られたいなんて、一度として思わない。それほど自分は弱くはない。つらさを糧にして、自分を成長させてきた。今の自分を作り上げてきたのだから。

いつもの自分を取り戻し、力強さのこもった瞳で見上げれば、ロアルドがふ…っと満足そうに笑ったような気がした。

「ミヒャエル殿を、我が国が捕えたことは、近隣諸国にとって、かなりの脅威をもたらしているようです」

戦略室で、部下がロアルドに報告に来る。

「そうだな。だからこそ、ライフェンシュタインはローゼンブルグに援助を申し出た」

「その動きに、オーストリーまでが、動き出しました」

「そうか」

ロアルドに驚きはない。ありえないことではなかった。

「我が国が、ローゼンブルグを挟んでライフェンシュタインと戦うことになれば、双方に大きなダメージが残ることになるでしょう。国力が弱まったところで、オーストリーが参戦してくれば、さすがに厳しいですね」

「オーストリーはそれを狙っているのかもしれないな」

「今は、ミヒャエル殿を我が国が捕えているせいで、ローゼンブルグもライフェンシュタインの援助を受け入れたものの、同盟を結ぶまでは至っていません。また、ライフェンシュタインも、ローゼンブルグに援助を申し出たものの、ローゼンブルグを属国にしてしまっては我が国が黙っていないのは分かっているでしょうから、動けないでいます」

ローゼンブルグのお陰で、大国同士が均衡を保っているというところか。結果として、勢力が拮抗し互いに戦いに踏み切れない。

「恐れ入ります、…陛下」

「入れ」

別の部下が、ロアルドの元にやって来る。

「ローゼンブルグから、正式な使者が参りました。ミヒャエル殿をお返しくださるようにと」

「やはり、来ましたね」

有能な参謀が、ロアルドに言った。

「ローゼンブルグの狙いを、どう見る?」

ロアルドが訊ねると、参謀は答えた。

「ミヒャエル殿を返して欲しいというのは、ローゼンブルグの意図ではないでしょう。そこには、ライフェンシュタインの圧力が掛かっていると考えるべきです。ローゼンブルグは、ライフェンシュタインの言いなりでしょう」

参謀は続けた。

「ここで我が国が断れば、それはローゼンブルグにとって、我が国に攻め入る理由になります。そしてローゼンブルグに援助を求められたライフェンシュタインが、我が国に攻め入る口実になるでしょう」

苦々しく参謀は顔を歪める。

「お前は、使者にどう答える？」

「私は、ミヒャエル殿をお返しになるべきだと思います。ライフェンシュタインに口実を与えるのは、得策ではないと思います」

やはり、そうか。ロアルドも同じことを考えていた。

「ライフェンシュタインと戦えば、我が国も、オーストリーに隙を見せることになります」

お互いの国にとって大切な領地…要塞の代わりにもなる崖、そこには、厳しい環境でしか咲かない薔薇がある。

「ミヒャエル殿をただで返すのではなく、その領土を大人しく引き渡すように、持ちかけてみては？」

自国の利益を守るための、当然の策を、参謀は上申する。

ロアルドは黙ったまま、それを聞いていた。

「お前の国の使者が来た」

「ローゼンブルグの？」

公務を終え、ミヒャエルの元に戻ってきた途端、ロアルドは言った。

ミヒャエルは思わず椅子から立ち上がる。窓際に座っていたせいで、身体が冷えていたことに気付いた。

「何の用で…」

ざわりと胸がざわめく。

「お前を正式に、国に返すようにとの申し出だ」

ドキリとした。

「…そうか」

静かにそう答えると、目を伏せる。ロアルドは上着を脱ぐと、バサリとミヒャエルに被せる。上着を肩に掛けたまま、ミヒャエルは襟元を指で押さえる。

「それで、どういう決断を下したんだ？」

胸が鼓動を速める。

返すのか、引き止めるのか、それとも。

最悪の場合、見せしめのために殺されることもあるかもしれない。殺されてもいいと思ったのに、今は…。

目の前の、肉厚の口唇を見上げる。官能的なそれは、行為の最中、ミヒャエルに甘く重なった。今朝も公務に向かう前、自分に触れたのだ。抱かれるたび、目の前の男の体温を感じた。それが失われることが、一瞬でも怖いと思ってしまった自分が恐ろしい。

「部下たちは、お前を国に返すように言っている。お前を留めておくのは、ライフェンシュタインとオーストリーに、我が国に攻め入る口実と、ローゼンブルグを救うという大義名分を、与えることになるからだ。実際は、互いに自国の利益を得ることしか、考えてはいないのにな」

ロアルドは不愉快そうだった。

「自分の利益しか考えてはいないくせに。ローゼンブルグのため、などという正義ぶった言い訳を作るのが、空々しくて許せないな」

最初から、自分が利益を得るためと、言えばいいのに。人のせいにするのが、許せないのだろう。

ロアルドの言葉を、ミヒャエルは反芻《はんすう》する。

つまり、自分がこの国にいると、……他国に、ブリステンに攻め入る口実を、与えてしまうことになる。

「お前は戻りたいか？」

真剣な瞳が見つめていた。なぜ自分の答えを確かめようとするのだろう。この勇猛な男が、必死な態度を見せる。

「それは…」

一瞬、ミヒャエルは躊躇する。けれど、心は決まっていた。

この場所にいれば、ロアルドの腕の中にいれば、…ブリスデンへ攻め込む新たな戦いの口実を、与えてしまう。ブリスデンの人々を、苦しめることになる。

「戻りたいに、決まっているだろう?」

無事に戻れる喜びより、ロアルドの身を案じる己を、改めて自覚させられる。だが、そんな事は許されるはずもない。

所詮、ブリスデンは、ロアルドは、敵なのだ。

「あ…っ!　ロアルド…っ!」

言った途端、獰猛に抱き締められた。

「何っ…!?　いきなり、急に…っ」

ロアルドがミヒャエルをベッドに引き倒す。森から戻って以来、ついぞ向けられたことのなかった荒々しい仕草だ。上着を剝ぎ取られれば、胸元から紅い貴石が零れ落ちる。真紅のそれは、本物の薔薇のように美しく、咲き誇っている。血を吸ったかのような色は、時に妖しい光を投げかけるけれど、今はロアルドの身体の下で、寂しげに濡れていた。

＊＊＊

「ミヒャエル様っ!?」

「エリアス。無事だったか？」

ロアルドの前で、主従が手を取り合う、感動的な光景に見えるだろう。本当なら、抱き合って互いの無事を、確かめたかったに違いない。

「よかった…」

ミヒャエルが柵越しにエリアスの前で感に堪えないようにぎゅっと目を閉じる。

「ミヒャエル様こそ、ご無事でよかった」

捕われていながらも、互いが互いを気遣う。まず人のことを、考えようとする。いつ殺されるか分からない状況は、人間のエゴを最も顕著にする。人を押しのけてもまず自分が助かろうとする。その光景を、戦場で何度ロアルドは見てきたことだろうか。だが、目の前の主従は、まず互いを優先させた。それほどの絆が、二人の間からは感じ取れる。

二人が話す様子を少し離れた場所…捕虜を閉じ込める牢の入り口に立ち、ロアルドは見つめる。

「どうされたんですか？　いきなり」

　エリアスが訊ねる。

「明日、我々は解放されることになった」

　ミヒャエルは答えた。

「本当ですかっ⁉」

　さすがに、信じられないといった声をエリアスは上げる。

「それは…何か取引きが？」

　エリアスは単純に喜ぶことはない。一筋縄ではいかない男らしい。

「心配しなくていい。殺されることはない。無事に、本国に戻れる」

　一番の心配を払拭するように、ミヒャエルが言った。

「我々を返すよう、本国からも使者が来た。正式な引渡しは明日になる。今日は使者と会うことになる。無事を知らせるために、我々全員がこの後謁見の間に向かう」

「本当に？」

　エリアスの目が輝く。

「一度も、ここから出ていないんだろう？　すまなかった」

　頭を下げるミヒャエルには、罪悪感があった。エリアスが閉じ込められている間、ミヒャエルはまるきり外出できなかったわけではない。エリアスよりもっと酷い屈辱と引き換えにだが、外出することができた。

「私は先に謁見の間に向かう。後でここから出られるから…」

ミヒャエルが言いながら立ち上がる。途中で眉をひそめる。

「う…」

膝を折りそうになる。その様子に、エリアスが驚いたように瞬時に立ち上がる。

ミヒャエルの見える部分に傷がないかと、エリアスが目を走らせる。無意識のうちに、気遣いミヒャエルに触れようとして…ミヒャエルはびくりと身体を竦ませた。触れようとする掌を、振り払う。エリアスがぎょっとしたように、ミヒャエルを見た。

「何か…っ？」

「何でも、ない…っ」

苦しげな息をつきながら、ミヒャエルが背を伸ばす。エリアスを拒絶するように離れる。

「午後から一度、使者に会う機会を与えられている。その時にまた会おう」

ミヒャエルの息が上がりかけている。すぐに背を向けてしまったから、ミヒャエルの頬がうっすらと上気していることに、エリアスは気付かなかっただろう。ミヒャエルも彼に、今の己の状態を、知られないように振舞っている。

エリアスから離れて、ミヒャエルがロアルドの元に来る。狭い場所を出てすぐ、エリアスから見えない場所で、ミヒャエルの身体がくずおれ、ロアルドの胸に倒れ込んでくる。

「く…っ…」

熱を帯びた身体が、床に打ちつけられる前に、ロアルドは支えた。

鏡の間にロアルドは向かう。王の間から鏡の間までは、それほど長い距離でもないにもかかわらず、いまだにロアルドとミヒャエルは辿り着けないでいる。

「早く来い。使者が待ちくたびれているぞ」

ロアルドが背後を振り返る。後ろではミヒャエルが、ゆっくりと足を進める。ただ歩いているだけだというのに息が上がっている。

「ロアル…ド…っ」

背後からロアルドを見つめる目が、切なげに歪められる。ロアルドを呼ぶ声も、吐息交じりだ。細い声は、淫靡な気配を漂わせている。

ミヒャエルが苦しげに溜め息をつく。ロアルドが歩み寄る気配がないことに気付くと、仕方なしにまた、のろのろと歩き出す。足を前後させるたびに、たまにミヒャエルが息を呑む。

「どうした?」

意地悪く訊けば、ミヒャエルは倒れそうになる身体を、両腕で自ら掻き抱く。自分の元まで来たミヒャエルを、やっとロアルドは腰に手を回し支えた。腰に回した腕を、す…っと背骨の窪みを伝って撫で下ろす。双丘の狭間に指を滑らせた。

「あぅ…っ」

ミヒャエルが目を見開く。ぐい…っと双丘を強く揉むと、ごり…っと中で中で何かが擦れ合う音がする。がくりと膝を折りそうになるミヒャエルの身体を、ロアルドは支えた。けれど、すぐにその身体から腕を離してしまう。

抱き寄せたとき、布越しにミヒャエルの胸の突起が、尖り切っているのが分かった。下肢も勃ち上がり、硬い感触をロアルドに与えている。瞳が潤んでいるのが見える。

膝ががくがくと震えている。

ロアルドはミヒャエルの秘穴に、大粒の真珠を埋め込んだのだ。それは中で擦れ、淫靡な刺激を内壁に与え続けている。歩くたびに、ごり…っと真珠同士が擦れ合う。延々と卑猥な刺激を、与え続けられる…。

「来い」

「いい加減に…」

不満げな口調には、隠れた懇願が混ざる。それでも無視すれば、諦めたようにミヒャエルが目を伏せる。捕われているうちに、肌はすっかり白くなった。透き通るような肌理は、艶かしさを放つ。ここに連れてきた時よりその魅力を増したのは、恐ろしいほどに、男を引きつける艶やかさだ。凛とした瞳は、最初からロアルドを圧倒する気配に満ちていた。どれほどの恥辱を与えても、決して屈しはしなかった。だからこそ、征服してみたいという気を起こさせる。その強さに、眩暈と高揚感をいつも覚えた。

「しっかり力を入れてろ。さもないと、部下の前で落とすぞ。どう言い訳をする？」

耳元で囁けば、触れる吐息にすら、ミヒャエルはぞくり…と肌を震わせた。

激しく責め立てても、一度もミヒャエルはロアルドの言いなりにはならなかった。なのに身体は、毎日のようにロアルドの精液を注ぎ込まれ、輝くような魅力を放っている。触れた肌は、しっとりとして、男の掌に吸いつくような質感に変わった。なのに、その心は決して抱いた男の手に入らない。

馬に乗って外出した後、確かに魂が触れるような思いを味わった。だが、ミヒャエルは嬉々として帰国を望んだ。

帰国すれば二度と、会えない。

もし会えたとしても、戦場で互いを傷つけあうために、戦うために刃を交える存在になるだけだ。もう抱き合うことはないだろう。

勝手だとは思っても、何度身体を抱いても手に入れられないミヒャエルの高潔さと心が、ロアルドの胸に苛立ちを落とすのだ。

美しく気高い存在が、恥辱にまみれ自分の手の中にだけ堕ちて来る、その瞬間を待ち望む。

鏡の間で、ロアルドは使者と対峙する。周囲には部下たちが控え、捕虜たちの動向を見張っている。公式に他国の使者と会う謁見の間を使わず、鏡の間を選んだのは、すべての人間の動きが見えるからだ。背後に武器を隠し持っていたとしても、それは鏡が映し出す。

後孔に真珠を埋め込まれたままのミヒャエルを、大きな鏡の間に連れ出す。ミヒャエルは、ロアルドが用意した、正装に身を包んでいた。気高く美しい正装のミヒャエルに、ロアルドの部下も、目を奪われたようになる。敵であっても憎しみより羨望が勝るように感じるのは、ミヒャエルだからだろうか。部下たちの視線を、ロアルドは責められない。

一見ストイックにも見える正装、しかしその下でミヒャエルは胸を尖らせている。

ロアルドがミヒャエルを伴って姿を現すと、床に跪いていた使者が、はっと立ち上がる。思わず駆け寄ろうとして、ロアルドの部下が彼を制した。

ロアルドが玉座に着く。

正面には跪く使者、そして使者の側面には、ミヒャエルの捕虜たちを代表して、エリアスだけを連れてきている。

「お久しぶりです、ミヒャエル様」

「お前…が?」

ミヒャエルが訊ねる。声には精彩がない。声を出せば下肢に力が入り、入れてあるものが零れ落ちてしまうからだ。

「はい。使者の役目を願い出たところ、その願いが叶いまして」

使者には見覚えがある。ロアルドが最初に解放した捕虜だ。…ミヒャエルの身体の代わりに。なぜ彼は解放されたのか、その裏でなされた取引きを知らないだろう。

ミヒャエルは再会を喜びながらも、敵のいる危険な場所に再び戻ってきた部下に憂慮する。

二人の視線が絡み、瞳で言葉を交わし気持ちが落ち着いた頃、使者は口を開いた。

「明日、ミヒャエル殿とこちらに捕われている兵士を、解放願いたい。書状は読んでいただけましたでしょうか?」

ライフェンシュタインの力もあるのだろう、捕えられていたときよりも意気軒昂として、使者が圧力をかけようとする。

「分かっている。明日、そちらの願いどおり解放しよう」

ミヒャエルが隣で息を呑む。使者が目を輝かせる。

「今日中に準備を整えよう。今日一日、明日に備えて休むがいい」

「ありがとうございます」

使者が深々と頭を下げる。

そしてミヒャエルを見上げた。ミヒャエルのこめかみには、しっとりと汗が浮かんでいる。

部下が彼らを連れて出て行く。彼ら全てがいなくなってから、ロアルドは隣に立つミヒャエルの顔をじっくりと眺める。頬が紅潮している。物欲しげに舌が口唇を舐める。濡れた口唇が淫猥に光る。

「は、ぁ…ッ」

肌が小刻みに震えている。下肢が膨らみ、存在を主張していた。

「部下が使者として来たというのに、まさかお前がこんな恥ずかしい部分を勃たせているとは、彼らも思わなかっただろうな」

「お前が…っ」

嫌悪とともに背を向けようとするミヒャエルを、手首を摑んでロアルドは引き戻す。

「楽にして欲しいんだろう？　お前は自分で、後ろに埋め込まれたものを掻き出せるのか？」

ミヒャエルの瞳が、困惑に揺らぐ。

「奥まで指を突っ込んで、全部掻き出せるかと訊いているんだ」

恐ろしげな様子を想像したのだろう。深く迷っているようだ。

「俺ならもっと気持ちよくしてやる。お前は何もしなくていい。自分でできないなら、大人しくしていろ」

脅迫めいた言葉とともに、ロアルドはミヒャエルの肩から衣服を落としていく。座ったまま、彼の身体を抱き寄せた。膝に力が入らないミヒャエルは、床に膝をついてしまう。

「ひぅ…っ」

膝を折る体位に、また、真珠が後孔で蠢いたのだろう。ミヒャエルが悲鳴を上げる。

かつんと音がして、一粒だけ、真珠が抜け落ちた。

「やめ…ぅ」

ミヒャエルが目を背ける。真珠は蜜に濡れ、ぬるぬると鈍く光っていた。直径三センチもある大粒の真珠だ。それが六粒も中に埋め込まれている。

「いい真珠だろう。与えられることを、光栄に思うがいい」

「誰が…っ」

立てないミヒャエルを、ロアルドは跪かせたまま、自らの下肢に導く。衣服を寛げて男の証を取り出せば、ミヒャエルは熱い吐息を零しながら、それを咥えた。

「ん、んん…」

衣服を乱雑に乱したまま、ミヒャエルに奉仕させる。

「もう前がはちきれそうになっているぞ。咥えてもっと興奮したらしいな」

悔しげに瞳が歪む。けれど、吐き出すことを許さず奉仕させた。ミヒャエルの身体が、燃えるように熱くなっている。育ちきってからやっと、ロアルドは口淫からミヒャエルを解放した。

「ごほ…っ」

ミヒャエルが膝立ちのまま、口角から零れ落ちた蜜を、手の甲で拭い取る。裸体のミヒャエルの下肢は、勃ち上がっていた。淫靡で、美しい肢体だった。

先ほど、凛として部下に対峙していた姿が、同じ交渉の場で裸体になり、陰部を勃ち上がらせている……。それほど時間が経ってもいないという事実が、余計に卑猥さを煽る。

「もう、いいだろう…？」

訊ねる声には力がない。早く放出したくてたまらないのだろう。けれどロアルドが教え込んだ身体は、勝手に達くことは許されていない。勝手に放出してしまえば、埋め込まれたままの真珠を取ってもらえないのでは、そんな心配をしているのだろう。

「取って欲しければ、自慰を見せてみろ」

ロアルドが尊大に命じる。ミヒャエルは顔を背けることで、抵抗を示した。だが、膝立ちのまま、局部を反り返らせた姿では抵抗も説得力がない。

玉座の隣には、戦いの最中だというのに、使者を迎えるに当たり権勢を誇示するための薔薇が飾られていた。ロアルドは薔薇に手を伸ばす。首から花をもぎ、花びらをくしゃりと手の中で潰した。薔薇を見るミヒャエルの下肢が、ぴくんと震えた。花弁を見つめる瞳が、淫靡に濡れる。そして、手の中の花弁を、ミヒャエルの素肌の上に散らしていく。

「…あ…」

はらはらと舞う薔薇に、ミヒャエルはぞくぞくと肌を粟立たせる。びくんびくんと陰茎が放出の期待を示す。何度も、ロアルドはミヒャエルの中を濡らすとき、薔薇の香油を使った。そのせいで、ミヒャエルは薔薇を見ただけで、恥ずかしい部分を勃起させるようになった。ロアルドは調教の成果にほくそ笑む。

「あ、ぅ…っ、ん…」

ミヒャエルは真珠を中に入れっぱなしにされたまま、もう何刻も経っている。焦らされすぎて、肌が敏感になっているのだろう。通常ならば愛撫にすらならない薔薇の花びらさえ、肌をざわめかせる遊具に変わる。

「いやらしいな、お前の身体は。こんなものにすら、快感を感じているのか?」

膝が揺らめいていた。腰がくねり出す。花の首を手折ったとき、ロアルドの指先を棘が傷つけていた。ミヒャエルを最初に抱いた時から、ミヒャエルを抱くたびに、ロアルドは彼に傷つけられていた。暴れる彼の抵抗を捻じ伏せるたび、美しい薔薇には棘があると思ったものだ。ミヒャエルを喩《たと》えるならば、夜に咲く薔薇だろう。

ストイックで男の下で喘ぐようには見えない潔癖さと気高さを持つくせに、その実その身体は男を柔軟に受け入れる。何度も精液を注ぎこまれ、男の下で肢体は仰け反る。

快感で小刻みに肌を震わせながらも、羞恥があるのだろう。痴態をロアルドの眼前に晒しつつ、最後の一線を越えることを決めかねているようだった。だが、薔薇で煽られたのが最後だった。おずおずとミヒャエルの右手が上がっていく。玉座に座るロアルドの前で、ミヒャエルが陰部に手を伸ばした。疼ききった熱を帯びた部分が、硬く充足感を帯びるのが見えた。

「はぁ…んっ…！」

自ら握っただけだというのに、ミヒャエルがこらえきれずに嬌声を上げる。己の反応に、戸惑いで瞳が揺れる。迷う隙を与えないよう、ロアルドが命じた。

「もっと声を出せ。俺をその気にさせなければ、埋め込んだものはそのままだ」

脅しにミヒャエルが戸惑いを消す。もとより勃起しきったものに手を添えて、耐えられるわけもない。先端はぐじゅぐじゅに蜜を溢れさせている。

「は…あ…っ、あ、ん…っ、んっ、ああ…」

掌が激しく上下する。茎を扱きながら、ミヒャエルは声を上げ続けた。

それは卑猥な光景だった。凛々しく他を圧倒する姿が、膝立ちで下肢を勃ち上がらせたまま、己のものを扱き喘いでいる。強い眼光で見つめるロアルドに、羞恥に耐えられないとばかりにミヒャエルは瞳を逸らし、自慰を続けた。

男の前で自慰を披露しなければならない羞恥を、与え続ける。時折、ロアルドはミヒャエルに指で先端を突くようにも強要した。ただ扱くだけではつまらないだろうと言いながら。どんよりとした痺れを解放するように、ミヒャエルの指の動きが激しくなる。

ロアルドはミヒャエルの胸に指を伸ばした。

「あああッ！　はぅ、ンッ……！　触る、なっ」

振り払おうとしても、もう、下肢を握る掌の動きが止められないのだろう。自慰を披露したまま、ロアルドに弄らせる。ミヒャエルの腰がくねり、自慰とともに背後の刺激を味わっているのが分かる。後孔と胸を同時に責められ、前を擦る淫猥さは、普通の自慰では味わえないものだろう。

自慰と恥ずかしいものを入れられても感じる姿を、ミヒャエルは晒し、その羞恥さえも感じていた。

ロアルドはミヒャエルの痴態を存分に眺め、堪能する。うっすらとミヒャエルは瞳を開け、ロアルドが見ていると分かるたび、ミヒャエルの陰部から蜜が零れる。視線も快楽に変えるのだ。

「ああ、ああ、ああ」

ミヒャエルの嬌声が断続的になる。絶頂が近い。ロアルドはミヒャエルの掌を、陰部から離してしまう。

「なんで…」

快楽を貪っていたのに中断されて、うらめしげな声が洩れる。

「このまま入れられてもいいのか？　ご褒美だ。取ってやろう」

ロアルドはミヒャエルを座らせた。両脚を大きく広げさせ、閉じないよう、膝を両手で押さえさせた。

「見るんだ。お前の口がどんなふうに指を呑み込むのかも」

ロアルドが指を下肢に埋め込む。ぐちゅ…っと音がして、指は易々と侵入を許す。一粒だけ、ロアルドは真珠を掻き出した。

「はぁ、うッ！」

狭道から真珠が零れ落ちる。仰向けになっていれば、今まで中で己を苦しめていたもの…それが目に入ってしまう。

「目を閉じるな。よく見るんだ」

目を逸らすことを許さず、ロアルドは一粒ずつ、中から掻き出した。ミヒャエルのこめかみから流れた汗がしっとりと肌を濡らし、髪を張り付かせる。

最後の一粒を残したまま、ロアルドは訊ねる。自慰と真珠の遊具に責め立てられ焦らされ、ミヒャエルの身体が痙攣したようになる。もう限界なのだろう。がくがくと揺れ、気を失う寸前の身体を、根元をきつく握り、放出を塞き止める。

信じられないものを見る目つきで、ミヒャエルがロアルドを見上げた。

「俺が欲しいか？」

訊ねるたび、拒絶されてきた言葉を、ロアルドは告げる。

「言わなければこのままだ」

そして、ミヒャエルにもたった一つの言い訳を与える。

「使者ごと無事に捕虜を返さなくてもいいんだぞ」

譲るつもりはないことを告げれば、ミヒャエルは初めて言った。追い詰められたがゆえの言葉だった。

小さな、声だった。

「い…入れ…てくれ…」

「俺が欲しいか？」

「…欲しい」

とうとう、ミヒャエルが陥落した瞬間だった。

だが、服従の言葉を言わせたにも関わらず、ロアルドに浮かんだのは虚しさだけだった。

使者と捕虜を盾に脅迫しなければ、ミヒャエルを動かすことはできない。

心から、ロアルドを欲しがって発したのではない言葉は、ロアルドの望んでいたものではなかった。

この男だけだ。心から自分を欲しがらせてみたいのは。

（く…っ…）

奥の歯を噛み締める。ロアルドはミヒャエルの身体を引き上げる。座った自分の膝の上に、ミヒャエルの身体を引き下ろす。

ミヒャエルの淫穴に屹立をあてがう。

今日の行為は激しくなる予感がしていた。

いつか必ず、手に入れてみせる。絶対に。

「ま、待ってくれ…あぁっ！」

制止を気にせず、ロアルドは剛直をミヒャエルの花芯に打ち込んだ。まだミヒャエルの中には真珠が一粒取り残されている。それをあえて取らず、もっと奥を責め立てた。

先端で、真珠を奥の奥まで押し込む。肉襞を割り開く。

「あ…こんな、奥まで…」

ミヒャエルは背をしならせた。わざと両脚を大きく広げれば、ミヒャエルの中に剛直がずぶりと突き刺さり、埋め込まれていく過程が見える。

陰棒を根元まで埋め込めば、ぎゅう…っとミヒャエルが襞で締め付ける。

「ずい分、気持ち良さそうだな。自分ばかり気持ちよくなってどうする」

すぐには、ロアルドは腰を突き上げなかった。じっとしたまま、ミヒャエルの襞の感触を味わう。挿入の衝撃が落ち着いた頃、ロアルドはミヒャエルに言った。

「動いて俺を達かせてみろ」

太腿の付け根に、剛直が埋め込まれている。貫かれたまま、ロアルドは動こうとはしない。ミヒャエルは淫欲に流された瞳で、ロアルドを流し見た。そして、身体を引き上げると、もう一度引き下ろした。太幹が媚肉に擦れる感触を味わうように、何度も何度もミヒャエルは身体を上下させる。

「お前の身体だけが、部下を助けられるということを忘れるなよ」

「はぁ、ん…」

ロアルドは動かない。生の屹立を嵌め込まれ、それを性具にする贅沢を味わいながら、ミヒャエルは絶頂を極めていく。

その時だった。ふいに、鏡の間がざわめいたのは。


「ロアルド…っ！　貴様は…っ！」

「エリアス…っ!?」

ミヒャエルが驚愕の声を上げる。

「どうして戻ってきた?」

「ミヒャエル様の様子がおかしいから、見張りを引き倒して戻ってきた…!」

よく見れば、背後で兵士が倒れている。ロアルドの部下と参謀がエリアスを追いかけてくる。エリアスを追ってきた使者の姿もあった。

エリアスが憎々しげにロアルドを見上げた。だが、ミヒャエルの接合部を見て、瞳が逸らされる。紅く染まった頬に、ミヒャエルがはっと身体を強張らせた。エリアスはロアルドの元に駆け寄ろうとする。だが、それを許すほどロアルドの部下は甘くはない。また、ここに来るまでにエリアスはかなりの傷を負ったようだ。ミヒャエルが心配で、牢に連れ戻される前に見張りを必死でなぎ倒し、傷を負ったのだろう。

「ぐ…っ」

剣を突きつけられ、エリアスが膝を折る。背後から部下が数人がかりでエリアスを押さえつけた。

悔しげに向けられる瞳に、わざとロアルドは言った。

「いい味だったぞ、お前たちの上官は」

言いながら双丘を指で開いてみせる。ずっぽりと肉棒が埋め込まれた部分を見せ付ける。

甘さがすっかり失われた身体を、ロアルドは抱き寄せる。強張ったまま、屈辱に打ち震えているのが分かる。

「お前が抵抗すれば、上官がどうなるか、分かってるんだろう？」

ミヒャエルが弱々しい抵抗を繰り返す。だが、陰棒を打ち込まれたままでは抵抗といってもたかが知れている。

「無理やり抱かれているように見えるか？　今はすっかり俺の奴隷だ」

真紅に染まった頬に触れる。

今まで一緒に戦ってきた部下の前で、男に抱かれるのを見られた……。

「お前たちの上官は、こうやってお前を」

「やめろ…ッ、言うな…っ！」

ミヒャエルが絶叫を迸らせる。

「助けたんだ」

かまわずロアルドが言えば、ミヒャエルの指先が白くなるほどに握り締められる。

ざっと使者の顔から血の気が失われていく。

「お前たちの命を、この男は身体で救っていたんだよ」

助けられた命も、貶める言葉を吐く。

「ミヒャエル様…っ」

「見るな。見ないでくれ…！」

エリアスがそれでも、助けようと試みる。それをミヒャエルが拒絶する。

拒絶され、勢いをそがれたまま、エリアスはロアルドの部下に完全に捕われる。抵抗できないよう縄を打たれ、鏡の間から連れ出されていく。もとよりミヒャエルの身はロアルドの手の内だ。どんな抵抗もできないのだろう。

ミヒャエルの中でロアルドは抜き差しを速める。

「あ、ああっ…！」

腰を突き上げるほど、ミヒャエルは淫獄の淵に堕ちていく。一滴残らずミヒャエルの中に放ちながら、ミヒャエルの身体が痙攣する様を、ロアルドは眺めていた。

「はあッ…あ、ああ、あッ」

ミヒャエルは両手を背後で縛られたまま、寝台に仰向けに寝かされ、陰棒を打ち込まれていた。鏡の間から連れ戻された後、ミヒャエルはまだ解放されなかったのだ。

肉棒で突き抜かれ、何度も嬌声を上げさせられている。

（も、もう…）

ミヒャエルは弱音を吐きそうになった。肉棒で柔らかく解された肉襞は、突かれるたび摩擦を既に快楽に変えていた。気持ちよすぎて…たまらない。

なぜ男にこうして中を抉られるのは、こんなに気持ちがいいのだろう。恥辱に貶められ、最低な行為を強いられているというのに、ロアルドはまるで、執着しているかのように、執拗にミヒャエルの身体を責め抜く。

両脚は大きく広げられ、信じられない部分に男のものを呑み込まされているというのに、快楽を貪っている自分の身体……。ぐちゅぐちゅという卑猥な水音が、放たれた男のものからするのだという事実が、ミヒャエルを打ちのめす。だが、ミヒャエル自身も感じているのだ。

明日、ミヒャエルは解放される。

ロアルドから離れ、ローゼンブルグに戻る。

明日には、いいように利用し、扱うことができた身体も手放さなければならない。

抱き納め、とでも言うのだろうか。利用できる間に利用し尽くしておこうと言うのだろうか。敵だった自分を解放するのが悔しい気持ちも、あるのだろうか。

一度は、気持ちが通じたと思った瞬間もあったのに。

なぜこんなふうに……。

ロアルドはミヒャエルを離そうとはしない。シーツには既に、二人分の精液が零れ落ちて汚れきっている。シーツも乱れきり、情事の激しさを知らせた。

明日の朝、シーツを替えに来る侍女は、目も当てられない様子に眉をひそめるに違いない。

何度目かの絶頂の後、ロアルドがミヒャエルに口づける。

「あ、あああッ…！」

ミヒャエルにはもう、逃げる力はない。

「く、ん…」

口唇も奪われ、身体中を貪りつくされる。

力で、意志を奪われ屈服させられる。

所詮、ロアルドは敵なのだ……。

ミヒャエルは今日の出来事で、それを強く思い知らされた。今も縛り付けられ、抵抗を捻じ伏せるやり方で、抱かれている。

貴石で作られた薔薇を首にかけさせられてから、首輪は外してもらえた。ロアルドにとって大切な物を与えられたあの日、いつもと違う感情が、ミヒャエルの中で芽生えた。

あっさりとミヒャエルの解放を許したとき、一抹の寂しさが浮かんだ。認めたくはなかったが。

「んん…」

体内に長大な質感がある。ロアルドがミヒャエルの中にいるのが、いつの間にか当たり前になっていた。

仲間として出会ったら、もしかしたら、いい戦友になれたかもしれないとまで、一度は思った。

対等でいたいと思った。心だけは。

これほどまでに、心揺さぶられる男に出会ったことはなかった。

明日、この男と離れるのだ。そして二度と会うことはないだろう。

もし会うとすれば、それは戦いの場だ。互いのうち、どちらかが命を落とすだろう。

抱き締める腕も、温かい体温も、これが、最後だ。

そう思った時、ミヒャエルの胸がずきりと痛んだ。

（……）

負けたくはない。彼と対等にあるためには、抱かれても強い姿勢を崩すわけにはいかない。縛られたまま、ロアルドの背に回せない腕が、ミヒャエルの胸を疼かせる。

相容れない立場だったのだ。結局は。それを思い知らされる。

ミヒャエルはロアルドの口唇を受け止める。心の拠り所だった仲間たちの顔が、ロアルドの顔にすり替わった。

翌朝、ミヒャエルはエリアスたちと合流した。使者は目を伏せ、ミヒャエルを見ない。使者はミヒャエルたちにローゼンブルグの騎士の服を用意していた。

「やはり、こちらの服の方が似合いますね」

エリアスは何事もなかったかのように声を掛けてくる。それがミヒャエルにはありがたかった。

「…そうだな」

言葉少なにミヒャエルは答えた。

「それでは」

城門の前でミヒャエルは、城を見上げた。皇帝という身分であるロアルドが、城門まで出てくることなどない。もうずっと、長い間ブリスデンで過ごしていたような気がする。

ロアルドはミヒャエルを引き止める素振りもなかった。ただ、胸元にはロアルドが与えた貴石がある。酷く空虚な気持ちが、支配していた。ミヒャエルは凜として背後を振り返らなかった。

帰路を黙々と進むと、ある場所に差し掛かる。

ミヒャエルが罠に嵌められ、捕われた場所だった。崖は崩れたままで、当時の落石の激しさを物語る。

周囲は視界も足場も悪い。馬上でミヒャエルは手綱をしっかりと握る。

ミヒャエルは一番後ろをつとめていた。

そこに差し掛かったとき、ミヒャエルは、すぐ前を進んでいた使者の様子がおかしいのに気付く。顔色が悪く、今にも馬上からずり落ちそうだった。ふと見れば彼と自分だけが遅れ、仲間たちはずい分先に進んでしまっている。

「どうした？」

馬を止めて訊ねれば、使者は馬上から降りた。疲れているのかと、ミヒャエルも馬から下りる。

彼の顔を覗き込むようにして近づいた時だった。青ざめた彼の手の中で、銀色の塊が鈍く光る。

（っ!?）

仲間と信じていた者の行動に、ミヒャエルの反応が遅れる。

ミヒャエルの胸に、鈍い光が突き刺さった。


自分に突き立てられたのが、刃だと気付いたのは、既に刃先が埋め込まれた時だった。

その瞬間、使者の腕に矢が突き刺さる。

「ぐう…っ！」

悲鳴を上げたのは、使者のほうだった。

荒々しい馬を駆る音がして、何者かがミヒャエルに近づく。

「大丈夫かっ⁉」

ミヒャエルを助け起こしたのは、ロアルドだった。

青ざめていた。

こんなにも動揺し、真っ青になり、必死の形相のロアルドを見たのは初めてだ。

「なんで…っ」

「お前は一度、命を狙われている。俺じゃない。必ずまだ狙われるだろう。だからずっと、見張っていた」

なぜ気遣うような真似をするのか。それよりも。

「どうして、お前が…？」

忠実な部下だと思っていたのに。

「敵の慰み者になっていたあなたに、従うわけにはいかないんですよ。もうあなたは上官じゃないんです」

悲痛な声で、使者が腕を押さえながら言った。

（…っ）

ミヒャエルは顔色を変えた。絶望と悲しみが胸に広がる。彼らを助けるために、慰み者としての立場を受け入れたのに。味方にすら、ミヒャエルの気持ちは理解されないのだ。

「あうっ！」

ロアルドは使者を殴り倒した。まるで、それ以上、使者がミヒャエルを傷つける言葉を告げないように。口さがないブリスデンの兵士から、ミヒャエルの立場を聞かされたか。国のために思い詰めた部下によって、ミヒャエルは狙われたのだ。ミヒャエルの胸に暗い絶望が広がる。

自分の部下にも狙われて、ただでさえ自国には自分の居場所はないのだ……。

自国には既に自分がどのような辱めを受けたか、知る者がいる。それらは、ミヒャエルを歓迎しないだろう。自国には、ミヒャエルを疎んじる者もいるのだ……。

味方のない場所で、たった一人尊敬する相手のためだけに、自分の力を使う。すべてを投げ打って。つらくても、ローゼンブルグの王しか、ミヒャエルの味方はいなかったのだ。今までは。

(けれど今は…？)

こうして、ミヒャエルを助けに来てくれる人がいる。

——たった、一人だけ。

じん、と熱いものが、ミヒャエルの胸に広がった。

「傷はっ!!」

ミヒャエルよりも、ロアルドのほうが青ざめているような気がした。ミヒャエルは刃が突き刺さっているはずの胸を見る。よく見れば、衝撃はあったものの、痛みもなければ血も噴き出していない。

恐る恐る、自分の身体をミヒャエルは確かめる。すると刃先が突き刺さった場所には、ロアルドのくれた薔薇があった。花びらの間に、刃が挟まっている。固い鉱石がミヒャエルを守った。

ロアルドに命を救われた…？

「どうして、ここに」

「お前の身を案じて見張っていたのも勿論だが、力ずくで、奪い返したくなったからだ」

「な…っ」

酷く真摯な瞳がミヒャエルの胸を射抜く。

「まさかこんな風に、俺に都合のいいことが起こるとはな」

「都合がいい、こと？」

ミヒャエルはむっとする。命を狙われたというのに、だ。

「これでお前はローゼンブルグへの未練もなくなったんじゃないか？」

「何だと？」

「覚悟を決めろ。ミヒャエル。お前の国に戻ってもあんな奴らがお前を待っているだけだ。それより俺のそばにいた方がいいと思わないか？」

この男は何を言い出すのだろう。不審な顔をしているとロアルドは言った。

威風堂々とした、この男に似合いの姿で。

「俺の元に、来い」

「なっ……！」

ミヒャエルの心臓が強く跳ねた。

「俺はずっと、対等なパートナーを探していた。同じ目標に向かって共に歩む人間、それをやっと見つけたというのに、手放してなるか」

じわり、とその言葉が胸に沁み込む。

「俺はお前が欲しい」

ストレートな言葉だった。この男らしい。対等な立場と彼は言うが、きっとライバルに思ったり、彼に組み伏せられることを悔しく思ったりもするのだろう。

けれど、夜になれば時に恋人のようにその胸に抱かれて。

対等なパートナーであり、ライバルであり、——恋人。そんな関係が自分達には相応しいのかもしれない。甘さはなくても、同じ夢に向かって裏切らないと信じられる相手がいるという感覚は、なんて心地良いのだろう。

「もしまだ迷っているのなら、それは無駄だ。この薔薇がお前の命を守った、それが何より俺達の将来を表してると思わないか？」

未来に向かって迷いのない双眸《そうぼう》、自分の目標だけを見据えた人間の潔い態度はミヒャエルを圧倒する。

「俺の与えたものがお前の命を救ってやったんだから、お前の命を俺に寄越せ」

——命を、寄越せ。

(っ!!)

ロアルドがミヒャエルの手首を掴みながら、真っ直ぐに熱く言った。

「俺のそばに、いろ」

ロアルドのそばに。ロアルドの元に。

「俺はお前が命を懸《か》けてもそれに応えられるだけの男だ」

（ああ……）

ため息が零れた。

自信に溢れる雄々しい姿、傲岸に聞こえる台詞であっても、目の前の男が吐けば何て似合うのだろう。

居場所を失った自分を、ロアルドだけが迎えに来てくれた。

もう、ミヒャエルにはその腕を取るより他にないのだ。そしてそれを自分も、心から望んでいる。

求められるのが嬉しい。

ミヒャエルは決意する。自分の意志で、決めたのだ。だから後悔はしない。

絶対に。

この男こそ、ミヒャエルが国を捨て、命を懸けるに相応しい。

そう、ミヒャエルは認めたのだ。この男に、男として認められたことも嬉しいが、自分が認められる唯一無二の男に巡り会えたことも嬉しい。

薔薇戦争という戦いの中で咲くには、少々無骨で頑強すぎるきらいはあるような気がするが。

覚悟を決めて、ミヒャエルは告げる。心から。

「もう私は国には戻れない。責任を取れよ」

言葉では負けん気を隠さない。自分が選んだのだ。あくまでも対等な立場で、ミヒャエルは言った。対等な男同士として。強く抱き合っても遠慮はいらない。壊れる心配もしなくてもいい。

ミヒャエルは、ロアルドの胸に自ら飛び込んでいく。

ロアルドは驚いたようだった。だがすぐに自信に満ちた態度で言った。

「当たり前だ」

その言葉を、ミヒャエルはロアルドの腕の中で聞いていた。

ロアルドの寝室で、ミヒャエルは甘く啼き続けている。背後から突きたてられていた。

ミヒャエルの中で達したばかりなのに穿つものは再び、脈動を漲らせている。

「お前のここは、俺のものだ。お前も、な」

ロアルドが告げる。

「俺以外に抱かれたりするなよ」

「そんなこと、あるわけない」

ミヒャエルが言い返す。一見喧嘩めいたやり取りなのに、その意味を深く知れば、酷く甘い。

　結局、ミヒャエルは国には戻らず、ロアルドの元にいた。

　ローゼンブルグとブリスデンの間には、和解が成立していた。そして、捕虜の解放も、表面上はうまく、執り行われたことになっている。たった一人を除いて。

　ミヒャエルは自らの意志で、ブリスデンに残ることを決めたのだ。

　だが、不安は残る。自分は…この国に残っていいものかと。

　自分の存在が新たな戦いの火種を生むことになってはと憂える。ミヒャエルはブリスデンのために、ローゼンブルグに戻ろうと思ったのだから。

　すると、ロアルドがミヒャエルの心を見透かしたように言った。

「条約の公文に、お前をこの国に留めること、という条文を付け加えてある」

　ミヒャエルは驚く。

「だから、お前は俺の国に来い」

　力強い言葉だった。

　ただ、一つだけ周囲の人間が首を傾げることがある。

　…国境の街を含め、例の要塞の隣の街まで、和解の際に、ブリスデンではなく、ローゼンブルグのものとしたのだ。

「よかったのか？　ローゼンブルグに渡して」

訊ねれば、ロアルドが言う。

「お前を得られるなら、街一つくらい安いものだ」

ロアルドがミヒャエルの胸元で、傷のついた薔薇に口唇を触れさせる。

その光景だけで、ミヒャエルは淫靡な気持ちに陥る。

「お前のここを、真珠でまた、飾り立ててやろう」

意地悪めいた言葉とともに、後孔にロアルドが指を滑らせる。

「やめてくれ…」

身をよじりながらも、背が戦慄くのが分かった。

「それとも別の宝石がいいか？　今度はここに大粒のダイヤモンドを入れてやろう」

「馬鹿なことを…」

言いながら、ロアルドの口唇が触れる。

「エメラルドのネックレスを根元に巻きつけて、達く寸前まで、焦らしてやる」

淫猥な言葉で責め立てられれば、ぞくりと最奥が疼いた。淫靡な誘いに羞恥を抱いても、身体は淫らな責めに期待を抱き始めている。

「今日はお前のものも、舐めてやろう。その後、お前の口腔でも果てたい」

希望を口にされ、ミヒャエルはロアルドの背に腕を回す。

「…分かった」

ロアルドが貴石の薔薇を、ミヒャエルの肩口に並べる。

「やはり、似合うな」

重ねたミヒャエルの口唇は、薔薇の花弁よりも甘い。

滑らかな肌が、ルビーのように染まった。二人を結びつけたのは、宝石の薔薇だ。

首輪は外され、今ミヒャエルの肌を彩るのはルビーの薔薇だけだ。ダイヤモンドに近い硬度を持つルビーは頑健で、二人の性質や結びつきを示すかのように力強い。

紅く染まった頬を、ミヒャエルは恥じらいながら背ける。

恋人同士のような甘いやり取りにまだ、ミヒャエルは慣れない。

「これも、…お前に」

そう言って、ロアルドがミヒャエルに、真紅の薔薇を差し出す。それは、崖にしか咲かない、あの薔薇だ。

「これは…」

「この薔薇と引き換えに、あの領土をローゼンブルグに渡した」

「なっ…」

ミヒャエルは絶句する。質実剛健で妖しいきらめきを放つ宝石の薔薇だけではなく、柔らかな花弁を持つ薔薇まで、用意しているなんて。

「花祭りが再びできるような平和な国にしてやるって約束してやっただろう?」

まるで求婚のような言葉とともに。憎らしいほど気障な真似をする男が、堂々と言い放つ様を、ミヒャエルは心からの敬服とともに見る。やはり、いい男だ。

そんな男と、今の自分は同じ目標を抱いている。この国を、そして周囲をも巻き込んで、良い方向に変えていけるように。

「まったく…」

あきれたような溜め息をついても、それが酷く甘いことを、ミヒャエルは知っていた。

「気障な男だな」

挑発的な笑みを浮かべれば、その口唇にロアルドが口づける。

「恋人の前では気障になるものさ」

昼はパートナーとして夜は、……恋人として。

この国の平和の礎を築いていく。

いつか、ミヒャエルが守ったローゼンブルグの独立が、脅かされる日々がくることは、あるのだろうか。

その時はまた、何か愛の物語があって、それらは守られるに違いない。

そう、ミヒャエルは雄々しい王の胸に抱かれ、思った。

~エピローグ~

「前から不思議だと思っていたんですよね。どうして戦いで負けたわけではないのに、捕虜を引き渡して上げた上、ブリスデンの領地がローゼンブルグのものになったのか」

ウィルが不思議そうに、地図を眺めながら呟く。

「国境の要塞とも言われる場所、捕虜を引き渡す代わりに、もらうならともかく、捕虜を返してあげて、土地まであげるなんて、ローゼンブルグには有利すぎる取引きじゃないですか？」

その矛盾は昔から囁かれてきたことだ。住民も不思議そうに、それを囁いてきた。それが恋人同士だけの秘密だとは、誰も知らないだろう。

「さあ…」

ハインツはとぼけてみせる。昔語りを知るのは、ブリスデンの皇帝のみだ。

昔、ローゼンブルグのために身を投げ出した騎士がいたらしい。彼を手に入れる代わりに、ブリスデンの皇帝は領土を捨てた。その騎士は、ローゼンブルグの国王に繋がる血筋だったらしい。とはいえ、昔のことだ。末端に繋がる王族の血筋、それが……。

「昔、戦いがあって、平和裡に収めるために、ある皇帝がローゼンブルグに渡したらしいんだ」

ハインツは言った。

「私の名前は、その皇帝のミドルネームから取ったらしい」

「そうなんですか……」

聞いたことがある。力強く頼もしい人で、歴代の王の中でも、賢王と名高い人だ。

雄々しく強い人で、同じ血が、優しく穏やかなハインツに流れているとは思えないとウィルは思った。

「ローゼンブルグの人間に狂うのは、我が国の宿命かもしれないな…」

ハインツが一人呟く。

ローゼンブルグの王族への求愛は、領土を、国を捨てるほどの覚悟が必要だと、…いつかその史実が、ローゼンブルグの王族への伝説を作った。秘密のベールに包まれた物語は、ブリスデンの王族にしか、伝わらない。

伝説の二人は、今頃、どうハインツを見ているのだろうか。

「花祭りに、薔薇の手配を」

ハインツがウィルに命じる。

「…はい」

ウィルは泣きそうな、表情をしていた。

「どうした?」

「もし振られたら、僕が慰めて差し上げます」

ウィルは笑った。声は震えていたかもしれない。

「子供に慰めてもらうほど、落ちぶれちゃいない」

「もうっ！」

憤慨してみせるウィルの前で、ハインツは薔薇を手折った。

あとがき

皆様こんにちは、あすま理彩です。このたびは当作品を手にとって頂きまして、ありがとうございます。今回の主人公には、皆様も驚かれたかもしれません。なにせ中世の騎士ですから……。ローゼンブルグの王族を取り巻く、薔薇を携え告白し、受け入れられなければ国を捨てなければならない、そのロマンティックな伝説がどうできたのか、その辺りの謎を明らかにしました。これからもきっと、ローゼンブルグという国が皆様の胸の中に存在する限り、数々の愛の物語が、そこには存在するに違いありません。これからもこの独特の世界を、展開していけたらいいなと思っております。この作品はプリンスということもあり、その場面や時代も様々に選ぶことができますので、私自身も執筆に当たりわくわくした気分を味わっています。仕事というものは一人ではできなくて、その仕事に携わる皆が同じ方向を向いて努力した時、いい成果が生まれるのではないかと思っています。担当さんや出版社の皆様やかんべあきら先生のご協力のお陰でこうして作品を生み出せること心から感謝しています。当作品は連続発刊ということで、来月も新たなプリンスが発刊予定です。そちらもよろしくお願いいたします。薔薇は愛の花です。今回は宝石の薔薇でしたが次回はどんな薔薇と愛の伝説でしょうか。読者の皆様に愛を込めて。あすま理彩

絶愛《ぜつあい》・プリンス
～恥辱《ちじょく》の騎士《きし》～

プラチナ文庫をお買いあげいただき、ありがとうございます。
この作品を読んでのご意見・ご感想をお待ちしております。

★ファンレターの宛先★

〒112-0004　東京都文京区後楽 1- 4 -14
プランタン出版　プラチナ文庫編集部気付
あすま理彩先生係 / かんべあきら先生係

各作品のご感想をWebサイト「Pla-net」にて募集しております。
メールはこちら→platinum-review@printemps.co.jp
プランタン出版Webサイト http://www.printemps.co.jp

著者――あすま理彩（あすま りさい）
挿絵――かんべあきら（かんべ あきら）
発行――プランタン出版
発売――フランス書院
〒112-0004　東京都文京区後楽 1- 4 -14
電話（代表）03-3818-2681
　　（編集）03-3818-3118
振替　00180-1-66771
印刷――誠宏印刷
製本――小泉製本

ISBN978-4-8296-2355-8 C0193